シベリアのバイオリン

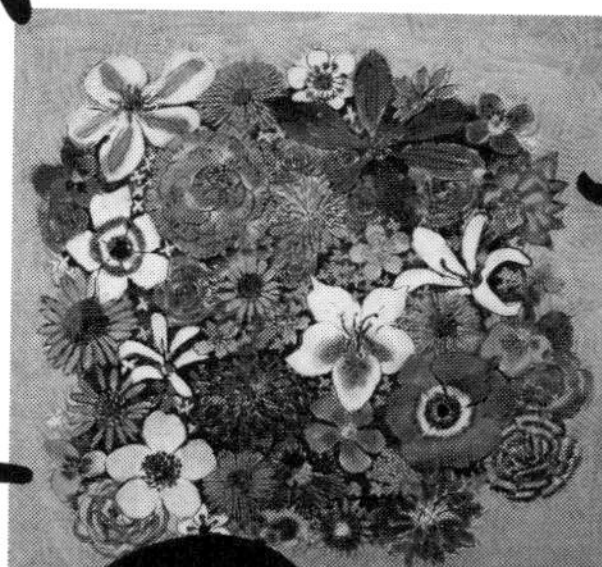

コムソモリスク第二収容所の**奇跡**

Kubota Yukako
窪田 由佳子

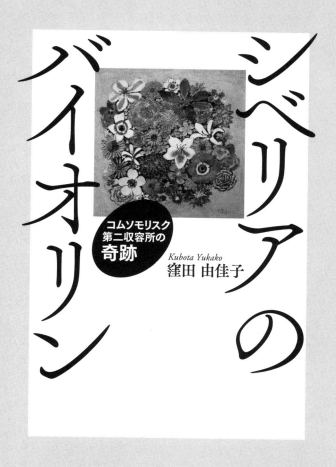

シベリアの日本人捕虜収容所（一部）＊昭和21（1946）年頃

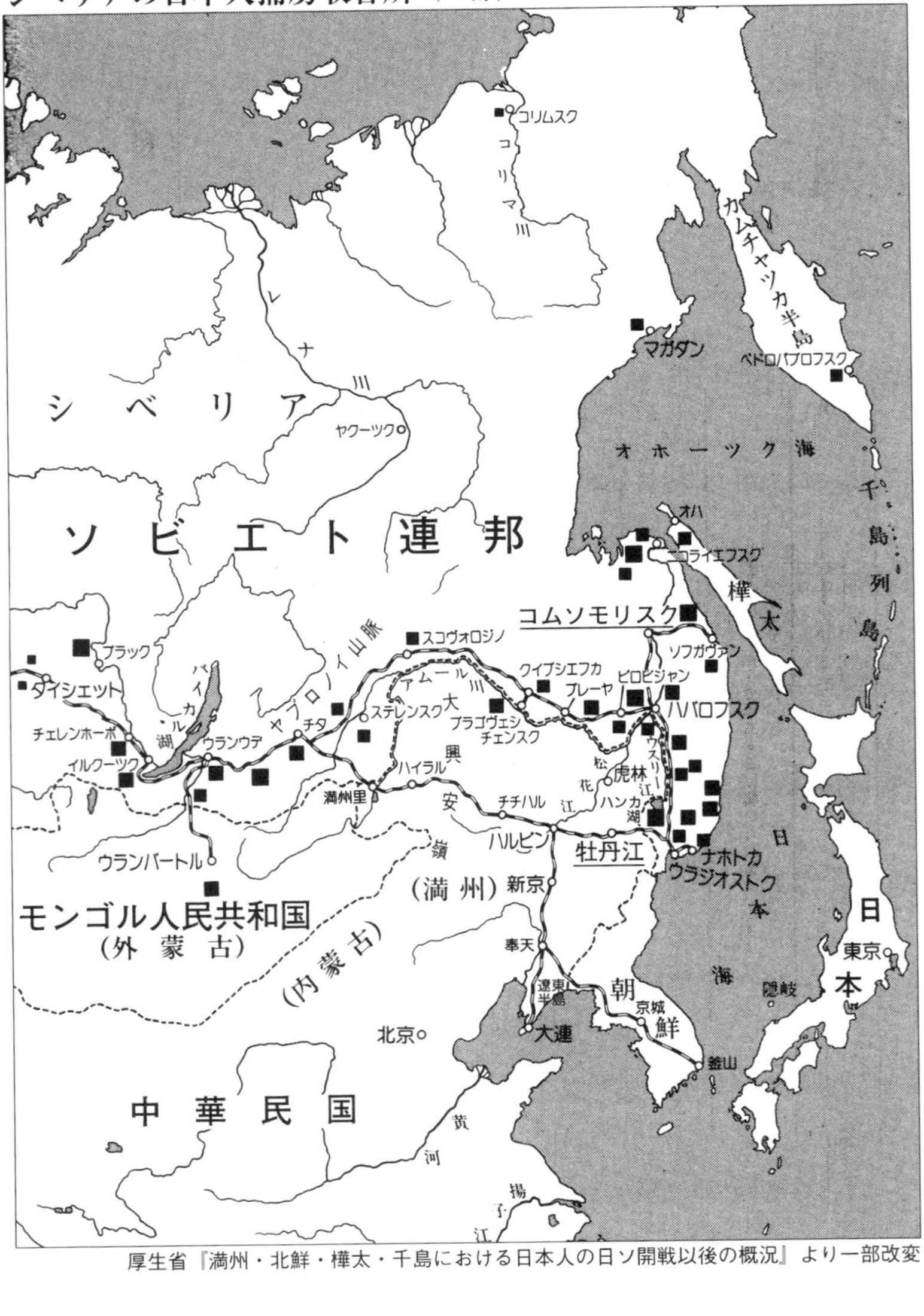

厚生省『満州・北鮮・樺太・千島における日本人の日ソ開戦以後の概況』より一部改変

◉もくじ

プロローグ――めぐり逢い

先日、探し物をしていたら、書棚からノートに挟まれた一枚の古い葉書が出てきた。差出人は亡き父の戦友だった。

シベリアで過酷な日々を共に戦った友人だ。南雲さんといって、四十年以上も前に静岡のわが家へいらしたときのお礼が書かれた葉書だった。

父は私と妹に、よくシベリアの話をした。貨車で家畜のように運ばれたこと、厳しい寒さ、食べ物がなくてひもじい思いをしたこと、隠れてバイオリンを手作りしたこと……。しかし、そのころの私たちにとっては遠い昔の物語だった。現実のこととしては、とても想像できなかった。

それが、忘れてはならない世界史上の事実として私の前に浮かび上がってきたのは、私が五十歳を超えてからのことである。

知人に誘われて出かけたパリで私は、時差の影響で毎晩眠れぬ夜を過ごしていた。ホテルの部屋にはラジオもテレビも、音の出る物が一切なく、私は自分でも驚くほど激しく音に飢えた。そしてふと、父のことを想った。祖国から遠く離れ、捕虜の身で眠る夜、音のない世界はどんなに辛かったろうか。はじめて、父の切ない思いの一端に触れた気がした。

思えば、私たち姉妹にシベリアでの体験を語っていた四十歳ごろの父にとって、シベリアの日々はわずか二十年前の出来事だった。しかし、特に興味も関心も持たなかった私は、父から詳しく聞き出そうとはしなかった。だから今になって、父はどの地域にいたのだろう、どこの収容所に入れられていたのだろうと思ったところでわかりようがない、そうあきらめかけていた。

それが、ひょんなことから収容所の場所を特定することができたのである。

パリでの体験以来、父のシベリアの話を文章にまとめてみようと、シベリアに関する本を少しずつ集めていた。その中から、『コムソモリスク第二収容所』というブックレットを何気なく手に取ってページを繰っていたとき、ある箇所に目が吸い寄せられた。収容所における文化活動について述べられたそのページに、バイオリンを弾く〝南雲〟という人物のことが記されていたのである。

「ねえ、ここ読んでみて」

娘に見せた。父のシベリア体験のことは娘にもよく話していた。

「これ、絶対おじいちゃんの友だちの南雲さんだよ」

と娘も言う。

「でもねえ、抑留されていた日本人は六十万人もいたんだよ。バイオリンを弾く南雲さん、これだけでは特定できないでしょ」

私は半信半疑だった。

南雲という名は私たちが父から聞いた唯一の戦友の名前である。作曲をし、南画《なんが》もたしなむ文化的な方と聞いていたが、バイオリンを弾かれたかどうかは知らない。南雲さんはすでに亡くなられていて、ご家族の連絡先もわからない。

でも、どうにかしてご家族に連絡がついたら、南雲さんのことを聞き出せるかもしれないと思った。

というのは以前、書店で南雲治嘉《なぐもはるよし》という著者のデザインに関する本を見たことがあったのだ。父の友人は南雲嘉千代《なぐもかちよ》という特徴的な名前だ。南雲治嘉という人はきっと親族に違いないと思った。

早速インターネットで南雲氏の本を注文し、届いた本の著者プロフィールを見た。東京在住で、年齢もちょうど親子くらいだ。その治嘉氏は「ハルメージ」というデザイン会社を経営している。

私は、思い切ってそのデザイン会社に電話をした。

「恐れ入ります。不躾ですが、南雲嘉千代さんのご関係の方でしょうか？」

「はい、私は南雲嘉千代の息子です」

「やっぱり！」私の予想はあたっていた。

そして、南雲嘉千代さんがバイオリンを弾いていたこと、コムソモリスク第二収容所にいたこと、本に書かれていた演劇会をおこなったことも、息子さんは話に聞いているということだった。

「劇中で歌われた「根室の灯《ともしび》」という曲は、父が作曲したもので、のちに僕たちにもバイオリンで弾いて聞かせてくれました」

南雲嘉千代さんも、家族に当時の体験を話して聞かせていたのだ。

厳しい状況の下、父がバイオリンを作ったことがきっかけになって小さな楽団ができ、さらに演劇集団ができて慰問活動に発展したことが判明した。

その数か月後、私はこの演劇の初上演に居合わせた松本茂雄さんという人物に対面することになる。松本さんは、南雲さんのことを記憶されていて、収容所の浴場で演劇が上演され、そこで父たちの楽団による劇中歌「根室の灯」を聴いたときの感動と興奮を、すばらしい筆致で自著に残されていた。

遠いシベリアでの出来事が、思いがけず私に歩み寄ってきた。

不思議なめぐりあわせに、何か見えない力を感じた。

第一章

音楽を追いかけて

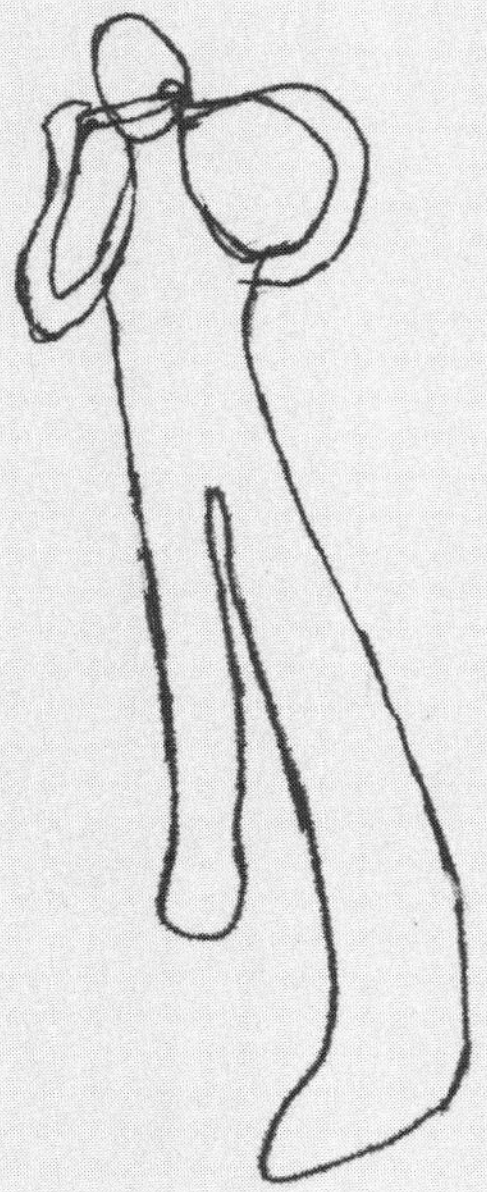

空気銃とハーモニカ

父、窪田一郎は大正十四（一九二五）年、静岡市に六人兄弟の長男として生まれた。父親の完二は紡績工場に勤め、機械設計に携わっていた。一郎も機械をいじることが好きで、幼いころからおもちゃはことごとくバラして組み立てなおした。

中学生のころだったろうか、銃身に穴を開けて改造したおもちゃの空気銃を学校に持って行き、授業中にいじっているうちに銃身に突っ込んだ指が抜けなくなってしまった。いくら引っ張っても抜けないのでもじもじしているうちに先生に見つかった。

「おい窪田、何をしている」

一郎が左手の指を銃身に突っ込んだまま左半身を傾けて立ち上がると、先生が怒鳴った。

「ふざけたやつだな、教室にこんな物を持ち込んでいいと思っているのか！」

そのあとで職員室に呼ばれてしこたま説教されたのは言うまでもない。

当時、長引く戦争で疲弊した日本は、徐々に食糧不足がひどくなり、一般市民でも空気銃を所持することができて、スズメなどを撃って食糧にしていた人もいた。

またある日、一郎は空気銃の改造具合を確かめようとして、自転車に乗った道行く人のお尻をめがけて発射した。「イテッ！」びっくりしたその男性はクルッと引き返すと、一郎に向かって凄い剣幕で怒って来た。一郎は必死で家に逃げこんだ。この事件は学校にも通告されて一郎は大目玉を食らう。

「窪田、お前はこんなことばかりしてまったくけしからん！　何を考えているんだ！　悪戯ばかりしてろくに授業も聞いていないからこんな成績になってしまうんだ」

最初は猛烈な剣幕で怒っていた先生も、最後にはなだめるような口調で一郎を諭した。

「このままじゃ卒業も危ういぞ。しっかり勉強しろよ」

一郎の成績は超低空飛行、下から数えて二番目か三番目、勉強そっちのけで遊び惚けていたのだった。

一郎には機械いじりのほかにもう一つ大好きなことがあった。楽器で音楽を奏でることだ。

一郎がまだ小学生のころ、母親の一番下の妹が女子師範学校に通うために居候していた。ある日、一郎はその叔母の机の上にハーモニカを見つける。手に取って吹いてみた。しばらく鳴らしているうちにメロディーがつながり、おもしろくなって時間が経つのも忘れて吹き続けた。帰宅した父にそれを聴かせると、父はすぐにハーモニカを買い与えた。

ハーモニカに夢中になると、口の端が切れるほど吹いた。遊びに出かけるときもポケットにハーモニカを忍ばせ、取りだしては吹く。すると友だちや周りの人から、
「上手だねえ、ハーモニカもっと吹いてよ」
と声をかけられた。一郎は嬉しくなって、いろんな曲を練習してみんなに聞かせた。いつの間にか市内では有名なハーモニカ少年になっていた。

胡弓《こきゅう》、そしてバイオリン

昭和十二（一九三七）年ころの静岡の小学校では、修学旅行は伊勢神宮へ行くのが慣例だった。

東海道線の列車に乗り込んで伊勢へ向かう。蒸気機関車の引く列車で数時間かけて名古屋まで行き、そこから近鉄電車を乗り継いで、静岡から伊勢までは片道半日以上の旅である。

伊勢神宮前の土産物屋で、一郎は目ざとく胡弓を見つけた。弾いてみたくなった一郎は、三味線のような形をしたその楽器をなけなしの小遣いで躊躇なく買い求めた。

胡弓は三味線より少し小さめで膝に挟んで楽器を立て、馬の毛でできた弓を緩く張り、弦をこすって音を出す。

こんどは胡弓に夢中になった。

しかし安物のおもちゃのような楽器はすぐに弦がゆるみ、思うような音が出ない。やがて、胡弓では物足りなさを感じるようになっていたころ、一郎は友だちの家のレコードで聴いたバイオリンの音色に魅せられてしまう。

その友だちは〝あぼちゃん〟と呼ばれていた。栗田《くりた》さんのあ、つ、しお坊ちゃんで〝あぼちゃん〟なのである。あぼちゃんの家は大きなお屋敷で、そのころ庶民の家には滅多になかったピアノがあり、大きなラッパのついた立派な蓄音機もレコードもあった。ベートーベンの交響曲全集なども揃っていて、そこは一郎にとって異次元空間であった。今まで知らなかった外国の音楽、それも壮大な宇宙を感じさせるような響きの海に身を投じて、音楽に浸ることのできる時間は、驚異であり至福でもあった。中でもベートーベンの交響曲第六番「田園」は、馴染みやすい曲調と清々しいメロディーに、たちまち夢中になった。一郎はあぼちゃんに頼んで何度も田園交響曲のレコードをかけてもらった。

ある日、あぼちゃんがバイオリンの小品集を聴かせてくれた。レコードで聴くバイオリンの音は、堂々と晴れやかに輝き、また次の旋律では甘く艶やかにうねり、時にむせぶように切なく歌う。こんなにも美しく変化に富んだ音色の出る楽器があるんだ、驚きと共にそう感じた一郎は、どうしてもバイオリンを弾いてみたくなった。

「ねえ、お母さん、バイオリン弾いてみたいんだ。買ってもらえないかな」

台所に立つ母親の割烹着の裾を引っぱりながら、毎日のように一郎はねだった。

「何を言ってるんです。そんな物買うお金はありませんよ」

母はまるで取り合ってくれない。弟、妹、居候もいる家に楽器など買う余裕はなかったのだ。一郎は、学校の帰り道、毎日楽器店に立ち寄ってはショウウィンドウのバイオリンを飽きることなく見つめていた。

「なんと不思議な形をした楽器なんだろう。弓でこするとどうしてあんな美しい音が出るんだろう」

小遣いを貯めてバイオリンの独習書や「バイオリン」という本を買って、なめるように隅々まで繰り返し読んだ。でも楽器がない。

父の完二が仕事で長野の大町へ半年ほど行くことになった。

「一郎、土産は何がいい」

そう父がきくと
「バイオリンが欲しい」

一郎はすかさず答えた。普段、父親は威厳があって怖かった。何かあるとすぐに怒鳴るので、今までは恐ろしくて本心が言えなかったが、思い切って伝えた。

その父が赴任地で盲腸炎に罹り、こじらせてしまう。母はその連絡を受けると、あたふたと旅支度をした。その母のうしろから一郎は声をかける。

「ねえ、お父さんにバイオリンを買ってきてって頼んであるんだけど、もう買ってくれたかなあ」

「何を言っているんですか。お父さんが病気で大変というときに！」

母はとんでもない息子だと言わんばかりに、一郎を睨みつけた。

なかなか楽器を買ってもらえないと思った一郎は、木の箱でバイオリンのようなものを作ってみることにした。「バイオリン」という本のはじめのページには、バイオリンを分解した写真が載っていた。一郎はそれを見ながら器用に木箱を削り、それぞれの接点を溶かしたにかわで貼り付けてでき上がった本体に弦を張った。弓らしい物も何とか作ってみた。

長引いた病気がようやく回復した父が、元気になって久しぶりに家に戻った。父は一郎の手作りバイオリンを見て、

「一郎、なかなかいい楽器ができたじゃないか」

と言ってくれた。父が褒めることなどめったになかったので、一郎は顔が上気するほど嬉しかった。

「バイオリン、そんなに欲しいか?」

「はい、欲しいです」

一郎がそう答えると

「それなら、ちょっと来い」

そう言って父は、一郎を古道具屋に連れていった。暖簾をくぐり薄暗い店の中に足を踏み入れる。一郎ははじめての、何か湿っぽい不思議な空間に心がときめいた。店の一番奥に、天井からバイオリンが何丁か吊り提げられている。一郎はその中から艶やかな飴色に光っている国産バイオリンを選んだ。

それからというもの、一郎は寝ても覚めてもバイオリンのことが頭から離れない。憧れの楽器が自分の物になった喜びで、寝るときでさえ楽器を抱えて布団に入るほどだった。

一郎は早く上手に弾けるようになりたかった。家で夢中になって練習していると、

「いつまでそんな物を弾いとる!」

父親に怒鳴られる。学校では、放課後に課外活動をさぼって校舎の裏で練習していると、先輩に見つかって殴られた。しかし何度殴られても練習をやめなかった。

とはいえ、当時の日本は戦争中、〝非常時〟である。バイオリンの音が聞こえると、「兵隊さんがお国のために戦っているというのに、そんな物を弾いて遊んでいるとは、お前は国賊か！」

近所の人に叱られる時代であった。次第に肩身が狭くなって、一郎は思い切ってバイオリンの弾ける所へ行きたい、そればかり願うようになる。

バイオリンのために満州へ

「トシ、ちょいとお金を貸してくれない？」

そう言ってたびたび家を訪れるのは、母の姉だった。母はとし子という名で、兄弟には〝トシ〟と呼ばれていた。姉は大きなお屋敷に嫁いでいたのだが、その家が没落し、いつもお金に困っては母のところへ泣きついていた。十人兄弟の中でもとし子が一番やさしくて、みんなに頼りにされていたのだ。とし子も頼られると嫌とは言えず、余裕のない家計から絞り出すようにしてなけなしのお金を渡した。ところがその姉は、帰りに映画を見たり食事をしたりして、借りたお金を使ってしまうのだった。

あるときなど、とし子と姉は玄関先で長い立ち話になり、愚痴話に付き合っていると、不意に姉の手元から紙吹雪が舞った。なんとそれは今しがた手渡した紙幣ではないか。姉は借りたお札を無意識のうちに細かくちぎってしまったのであった。とし子はなす術もなく、細かい紙屑になった紙幣を茫然と見送った。

そんな姉が、〝トシ〟と呼びながらやってくるたびに、とし子は背筋にゾクっと寒気が走った。しかし断ることもできず、憎めない姉の要求に応えていた。

一郎も、はた迷惑ではあるが屈託のないその伯母が好きだった。

「ねえ、おばさん。ちえ子姉さんはエアーホステスしているんでしょ？」

エアーホステスとは客室乗務員、今で言うキャビンアテンダント（ＣＡ）のことで、航空会社によってはこう呼んでいた。

ちえ子という、その伯母の長女は、美人で優秀なことで知られていた。当時としては時代の先端を行くエアーホステスとして満州航空で働いていた。

「そうだよ。ちえ子は何か知らんけど、エアーホステスとかという仕事をしてるらしいよ。ちょうど、こんどの週末にうちに帰ってくるから一郎ちゃん、また遊びにおいでよ」

叔母さんはにこやかに一郎の肩を叩いた。

一郎は週末を待ちわびるようにちえ子姉さんに会いに出かけた。

「お姉さんはしょっちゅう満州に行っているの？　満洲ってどんなとこ？

向こうではバイオリンが弾けるかなあ？」

一郎は矢継ぎ早に質問を浴びせた。

「満州なら大丈夫よ。自由だし、ロスケは音楽が好きだから、きっとバイオリン弾けるわよ。それに戦場は南の方だから安全だと思うわ」

〝ロスケ〟とはロシア人の蔑称である。当時ソビエト軍も家族と共に満州（現・中華人民共和国東北部）に駐在していた。ちえ子の答に、一郎は飛び上がるようにして喜んだ。

それからはどうやって満州に行くかを考えるのみだった。いろいろと思いめぐらしたあげくに一郎は、満州の公立学校に進学する道を選んだ。候補は二つあった。しかし、まず受験した第一候補は残念ながら落ちた。次の「観象職員訓練所」に懸けるしかない。一郎は必死で勉強した。そしてその難しい試験に奇跡的にも合格することができた。中学五年の昭和十七（一九四二）年十二月のことである。今の学年でいうと、高校二年になる。

両親は猛反対した。

「一郎、なぜ満州なんかに行くんだ。考え直して国内の大学を受けんか」

いくら父親が説得しても一郎は黙って下を向いたままだった。母からどんなに反対されても、聞く耳を持たなかった。一郎には夢の国、満州のことしか考えられない。旅立つ日を指折り数えて待った。

満洲に向かう船は、下関から出港する。一郎がひとり下関に降り立ったのは、すでに日が落ちて夕闇が迫るころだった。目の前に広がる海も暗い薄靄《うすもや》に飲み込まれていくようだ。バイオリンを思う存分弾きたいという一途な想いで家を飛びだしてきた一郎は、ここに来てふと不安に駆られた。

「あんなに反対されたのに、僕はみんなから離れて日本から出て行く。この先に何が待ち受けているのだろうか」

それまでバイオリンのことしか頭になかった一郎だが、はじめての土地で迎えるひとりの夜は、心細さで胸が押しつぶされそうになった。

満州国観象職員訓練所

昭和七（一九三二）年、満州国が建国され、日本人の移住が奨励された。気象台も翌年の昭和八（一九三三）年に設置される。一郎が入学を許された満州国観象職員訓練所は、新京《しんきょう》特別市南嶺《なんれい》にあった中央観象台に併設された、職員養成所であった。当時は戦時下にあって、気象台も陸軍に組み入れられ、「気象国民義勇隊中央気象台部隊」略称「気象部隊」と言われていた。気象情報は、軍にとって作戦上の機密事項であった。

十七歳の一郎が夢見た自由の国満州では、期待とは裏腹に厳しい現実が待っていた。温暖な静岡に育った一郎にとって、満州の寒さは予想をはるかに上回った。部屋には暖房の燃料がなく、コップの水も凍ってしまう。そればかりか、寮の生活は厳しく管理されていて、自由時間がまったくない。バイオリンを弾くどころではなかった。まるで興味のない気象の学校に入ってしまい苦渋の日々を送ることとなる。

加えて周りの教官や学生はみんなすこぶる優秀で、一郎は強い劣等感に苛まれる。

一度、教官と面談したことがあった。

「君は窪田一郎君だね。出身は静岡だったね。君の趣味は何かい？」

一郎は胸を張って、

「音楽が好きです。バイオリンを弾くのが趣味です」と答えた。

「ほう、私も音楽は好きだよ。好きな作曲家は誰だね？」

「はい、ベートーベンが好きです。特に田園交響曲が好きです」

一郎がそう答えると教官は楽しそうに音楽の話をしだした。

「「田園」の第四楽章は嵐の情景を表現しているが、あの風雨の描写は、じつにすばらしいね。あの「田園」と五番の「運命」は同時期に作曲されているんだよ。まったく正反対の性格の作品を同時進行で作曲していくとは、天才の頭脳はわれわれ凡人には及びもつかんね」

音楽が好きと言っても闇雲に好きなだけで、何の基礎知識もない一郎は、教官の豊富な知識に驚くと同時に無知な自分が恥ずかしかった。

一郎は両親に宛てて、満州での苦しい胸の内を手紙に書いた。すると父と母、別々に返事が来た。

「一郎、自分で志を立ててそちらに行ったのではないのか。男たるもの、自分の信念を貫け。泣き言を書き送ってくるとは何と女々しいことか！」

父からは厳しい叱責の言葉だった。一方母は涙の滲んだ手紙を送ってきた。

「かわいそうな一郎、苦労しているのですね。母は貴方の健康が心配です。そんなに寒い所で風邪を引かないように十分気をつけるのですよ」

一郎は、母とし子の手紙を握りしめて涙をこらえた。

そんな中、日曜日にわずかな自由時間をみつけてはバイオリンを弾いた。まったくの独学でどのように練習したらよいのかわからないままに、自己流で弓を動かす。それでもバイオリンに触れられるときは、嫌なこともすべて忘れ、夢中になれた。

ときおり、例の音楽好きの教官が声をかけてくれる。のちの初代気象庁長官となる和達《わだち》清夫《きよお》氏であった。頭脳明晰で教養があり、人望もあった和達教官と出会えたことは、一郎の心に灯る一筋の光となる。一郎は気さくに語りかけてくれる和達教官の人柄に好感を持ち、憧れるようになった。今までに出会った人にはない高貴な雰囲気と、人間としての奥深さのようなものを感じたのだ。

「自分も和達先生のような大人に、どうしたら近づけるだろうか」

そんなことを考えながら、教官のうしろ姿を見つめていた。

バイオリンがつないだ恋

やがて、満州にも春がやってきた。ある日曜日、郊外へ出るとバイオリンのケースを提げている少女を見かけた。

「ねえ君、バイオリン習っているの？　先生の家を教えてくれないかな」

一郎はその子の母親から住所を教えてもらうと、早速教師の家をたずねた。ようやく念願の、バイオリン奏法を専門の先生から教えてもらえる日がやってきたのだ。

前の晩は興奮して眠れなかった。物静かで学者のような風格の先生は、楽器の構え方や弓の持ち方、動かし方などを基礎から丁寧に教えてくれた。その先生に一年ほど前から師事しているという女の子は、謝礼として三円払っていると言ったが、一郎は小遣いのひと月分全部、十円を先生に手渡した。

「君、そんなにいらないよ」

謝礼を返そうとする先生に、

「自分の気持ちですから受け取ってください」

一郎は封筒を押し返すようにして置いてきた。失望しかけた満州の生活にもようやく喜びを見出し、生活に張りが出てきた。

そのころ一郎は、一人の女性から視線を感じるようになっていた。日曜日にバイオリンを練習しているときに、彼女は窓辺にきて聴いているらしい。ある日一郎は思い切って声をかけてみた。

「こんにちは」

するると彼女は、小鳥のさえずりのような可愛らしい声で話しかけてきた。

「バイオリン、お好きなんですね」

「いや、思うように弾けなくて情けないです」

一郎は頭をかきながら言った。

「でも、バイオリンの音が聞こえると嬉しいです。とてもいい音です」

その女性は真剣な眼差しで答えた。

彼女は観象職員訓練所で助手として働いていた。その人に一郎はほのかな恋心を抱くようになった。小柄で清楚なその女性はとし子という名前だった。母親と同じ名前のその人の姿を見かけるだけで胸がときめいた。

日曜日を心待ちにして楽器を手にする一郎は、宿舎の片隅で時間を忘れて練習に励み、夕暮れまで一心に弾き続けた。楽器をケースにしまうころになると、とし子は顔をのぞかせる。

「さっき弾いていた曲は、何という曲ですか？　きれいな旋律ですね」

宿舎の外に置かれたベンチに二人並んで腰を掛けた。

「ああ、あれはシューベルトのセレナーデです。僕もとても好きな曲なんです」

「シューベルト？　その人はきっと心に悲しみを抱えていたんですね」

「悲しみですか？　自分はあまり、そんな風に考えたことなかったです」

一郎は隣に腰かけたとし子の方に顔を向けた。まっすぐに前を向くとし子の横顔を、夕日が赤く染めている。

「そうじゃなかったら、あんなに美しくて物悲しい旋律を書けないと思います。きっと苦しい胸の内を音楽に託して表現しなければいられない、何か大きな悲しみや悩みを抱えていたんだと思います」

とし子の言葉の意味を考えながら、一郎は沈みゆく大きな夕日に見入った。夏を迎えた満州の地には、カンナの真っ赤な花があちこちに咲いている。野菊のような印象のとし子も、カンナのように赤く燃えるような情熱を持っているのかもしれない。一郎の心はますますとし子に傾いていった。


しかし、やっと見つかったバイオリンの先生のレッスンも数回の訪問で終わり、とし子との逢瀬は叶わなくなった。昭和十九（一九四四）年十月、まだ来るはずのなかった、赤紙と呼ばれる臨時召集令状が一郎にも届いたのである。

戦況は厳しさを増し、国はこれまで二十歳から四十歳であった徴兵年齢の幅を、十九歳から四十五歳まで広げて、十代の若者を次々と戦場に送った。おもに満州や沖縄でおこなわれた、いわゆる「根こそぎ動員」である。本土からの情報では、海軍の神風《しんぷう》特攻隊がはじめての出撃をしていた。

何より大切にしてきた楽器は、泣く泣くバイオリンの先生に預けることにした。

「とし子さん、じつは僕にもとうとう赤紙がきました。来週には入隊します。……どうか元気でいてください」

別れを告げると、一瞬じっと一郎をみつめたとし子は、おもむろに口を開いた。

「覚悟していました。一郎さん、これを読んでくれますか」

とし子は一冊の小さなノートを手渡した。そこには一郎に対する想いをしたためた詩がびっしりと書き込まれていた。生まれてはじめて異性から恋の告白を受けた一郎だったが、その想いに応える術がない。とし子の手に触れることさえできずにその場を立ち去った。

バイオリンともとし子とも別れねばならない軍隊とは、どのような場所なのだろうか。胸に重くのしかかる不安を感じながら、とし子からのノートを胸に抱え、一郎は十九歳の最年少兵として軍隊に入隊した。

第二章

関東軍そして終戦

軍隊生活

満州国の日本陸軍は関東軍《かんとうぐん》と呼ばれている。遼東《りょうとう》半島の関東州《かんとうしゅう》に駐留していたからである。一郎はその関東軍の気象班に所属することになった。そこでは、早朝の起床に始まって就寝までの時間すべてが定規で計ったような一分の隙もない規則で厳しく管理されていた。

ラッパが鳴って「起床!」の掛け声と共に飛び起き、毛布の四角《よすみ》をきちんと合わせてたたみ、歯磨きヒゲ剃り洗顔をして整列、これを決められた時間以内にやらねばならない。軍隊では何においても敏捷さが要求され、「早飯早糞」と言って、食事も排便も素早くするように教育される。一郎は何事にも遅くて列の最終グループになってしまう。

「罰として運動場三周走れ!」

と上官が叫ぶ。息をきらせて戻って来ると、

「うしろの三人、もう一周!」

一郎はいつも朝からへとへとになるほど走らされた。

軍隊というところは上下関係が厳格で、初年兵は上官に対しては絶対服従を強いられる。

すべてが規則で固められ、少しでも外れれば容赦なく頬に平手打ちが飛んできた。

所持品検査の折、とし子からもらったノートを持っていたのを見咎められ、それだけの理由でいきなり殴られた。

「貴様、何だこれは！　こんな物を持っているとはけしからん！」

そう叫ぶや否や、上官は一郎の大切なノートを取り上げるとビリビリと破り、暖炉に投げ入れて燃やしてしまった。その上で一郎に往復ビンタを食らわせ、固い棒で突き、大怪我を負わせた。頭から血が流れ、全身に走る痛みで一郎はしばらくそこから動くことができなかった。一郎にとって大切なノート、とし子の想いが詰まった詩集が破り捨てられてしまった。しかし、一郎はその詩集を何度も読み返して、すっかり暗唱できるようになっていた。

「誰も僕の心の中までは消せないんだ！」

一郎は心の中でそう叫びながら痛みに耐えた。

軍隊というところは言わば特殊な社会である。平時の世間一般で常識とされる善悪の基準は通用しない。物品検査では支給された持ち物が、それがたとえ手ぬぐい一本であっても足りなければ頭ごなしに怒鳴られ、猛烈に殴られる。支給品はすべて「天皇陛下からお預かりしたもの」とされ、当然のことながら営内の売店で売っていないし、街に出ても軍用品などどこにも売っていないから補充しようがない。そこで一部の不届き者は、物干し場から靴下や下着などをくすねたりする。「物干し監視」という監視役が見張っているのだが、上等兵が勝手に持ち去ることを二等兵の監視役が止めることなどできない。

「おい、初年兵。文句でもあるのか」

「い、いえ、ご苦労さんであります」

悠然と引き揚げていく上等兵の姿を、ただ茫然と見送るだけである。一郎たち下級兵士の毎日は、苦く惨めな体験にどっぷりと浸かっていた。

軍隊は、まさに野蛮で、人間のまっとうな感覚を捻じ曲げ、麻痺させるところであった。自由のかけらもない拘束された毎日が、ただただ過ぎ去ることを願うのみだ。戦争という大きな波に呑み込まれ、自分という人間がどこかに行ってしまわないように踏ん張ること、一郎はそうしなければ自分が狂ってしまいそうだと感じていた。気象学校の和達教官のような風格のある大人とはかけ離れた人間の集団だった。

そして約十か月の軍隊生活ののち、昭和二十（一九四五）年八月になり終戦を迎える。一郎はただの一度も銃を発砲することがなかった。人を殺めるという良心の咎を負わずにすんだことは、せめてもの幸運だったと思った。

松本茂雄の入隊

そのころ、松本茂雄は満州の地で森の中をさまよい歩いていた。

茂雄は一郎と同じ大正十四（一九二五）年、福島市に生まれた。父は法律に関する仕事を生業とする自由業で、家では二人の姉がピアノを弾くという、文化的な環境に育った。当時の福島市でピアノがある家は二軒きりだった。姉たちは外国の譜面を手に入れ、モーツァルトのソナタなどをよく弾いていた。特に上の姉が弾く『トルコ行進曲』は、幼い茂雄のお気に入りの曲だった。ただ、裕福な家に生まれながらも母親が早逝し、茂雄は母の記憶がうすい。上の姉が茂雄をかわいがり、母親の代わりとなって育てた。

早稲田大学に進学するも十九歳で徴兵検査を受け、その翌年、昭和二十（一九四五）年二月に召集される。たった一枚の「入隊通知」と書かれた葉書によって国外の戦地に送られた。

入隊の日、福島駅には数人の出征兵士を見送る人が溢れ、軍歌や万歳の声で沸き返っていた。発車間際に上の姉が車窓に駆け寄った。

「きっと帰ってくるのよ。いいわね」

身を大きく乗りだして、茂雄は姉の冷たく白い手を強く握りしめた。姉の目から涙が溢れ、茂雄も胸を締めつけられる。

「必ず、必ず生きて帰ります。姉さん、待っていてください！」

茂雄はこの想いを強く胸に秘め、出征した。

茂雄の配属された場所は、満州とソ連の国境、興凱湖《シンカイ》（ハンカ湖）という大きな湖のほとりであった。興凱湖は琵琶湖の約六倍の面積があり、海のように大きな湖である。十一月から四月までは厚さ一メートルもの氷が張る。ソ連と満洲の国境はこの湖を二分していた。周辺は大きな湿地帯で人の住めるようなところではない。そこで茂雄たちの部隊は国境警備を命じられた。高さ十五メートルくらいの監視塔を建て、昼夜を分かたずにシベリア鉄道の動きを監視して本隊に報告する任務に就いた。六月に入ると移動命令が下り、牡《ぼ》丹江《たんこう》を目指して侵攻してくるソ連軍と戦う最前線に送られる。牡丹江は東部ソ満国境最大の都市であり作戦基地であった。茂雄たちは牡丹江から約四十キロ離れた穆稜《もくりょう》（ムウリン）という町に配属される。そこは牡丹江を防衛する抵抗線にあたる。山間の町で、牡丹江と国境を結ぶ鉄道に軍用道路、そして底辺に穆稜（ムレン）河が流れていた。穆稜の町は緑豊かで美しかった。駅前の白樺林の奥に教会があり、その十字架を見たとき、茂雄は言いようもない感慨に襲われる。何かとても清らかで崇高なものを見たような気がした。軍隊生活で粗末な建物ばかり見慣れてきた茂雄にとって、美しい物に触れることができた貴重なひとときであった。

ふと、シューベルトの歌曲「菩提樹」のメロディーが浮かんできた。姉たちの愛唱していた美しく懐かしい旋律は、遠く離れた家族を偲ばせた。

ソ連軍の満州侵攻

終戦直前の昭和二十（一九四五）年八月九日、ソビエト連邦は日ソ中立条約を踏みにじり満州へ攻め入った。五千両の戦車と飛行機、百五十七万人の兵力を携えて、当時百五十万人もの日本人が移り住んでいたと言われる満州に侵攻した。

午前零時、大雨の降る中をソ連軍は雪崩のように国境を越えて来た。ドイツが降伏してヨーロッパ戦線が幕を閉じ、ソ連はヨーロッパを引き揚げた大量の軍をシベリアに送り込み、満州の国境に集結させていたのだ。

ソ連軍百五十七万に対し、応戦したのは松本茂雄の属する第百二十四師団の一万五千人。ソ連軍は世界最優秀と言われる高性能の戦車を有し、弾薬は日本軍の数百倍を所持していた。それほどの軍備をもって押し入って来たソ連に対し、関東軍は武器も食糧も底をつきかけていた。本土防衛のために、大量の武器や兵力も物資も日本本土へ輸送し、南方に送り出していたとみられる。

最終段階で各兵隊に分け与えられた物は、鉄兜、手榴弾二個、小銃弾五十発、地雷二個、防毒面、乾麺三袋のみ。援軍や食糧援助など皆無だった。幹部たちは、ソ連軍侵攻の情報を得るや否や、自分たちだけが家族と共に南下していた。つまり生贄を置いて逃げ帰っていたのだ。

強力なソ連軍に対する応戦には、〝肉攻〟というおぞましい作戦がとられた。黄色火薬をいっぱいに詰めたミカン箱くらいの箱を抱えて敵の戦車の下に自ら飛び込むという、ある種の特攻だ。その攻撃に五人を選ぶという。茂雄は体を硬直させた。視線を下げ、身動きせずに自分の身にその役目が降りかからないことを祈った。脂汗が出て胸の鼓動が激しくなった。体中を熱湯が走る思いだった。入隊したばかりの初年兵と成績の良くない三年兵が選出されると、ようやく胸をなでおろす。しかし、選ばれた五人のゆがんだ恨めしい表情は忘れることができなかった。石頭《せきとう》という地にあった陸軍予備士官学校でも、その肉攻という戦術がおこなわれ、二百人の学生が決死隊となって壮絶な死を遂げたという。

八月十四日午前十一時、ソ連軍は北方から野砲を打ち込み、それを合図に大砲を打ち始める。日本軍も「全弾各個に撃て！」の号令と共に撃ち返す。茂雄たちは無我夢中で撃ち返した。地面が激しく揺れ、山が崩壊するかと思うほどの衝撃だった。砲弾を打ちつくすと帯剣で切り込み、手榴弾を投げるしかない。ある者は手に木の枝を持ち、剣を結び付けて即席の槍を作っていた。無論、ソ連の大軍に敵うわけがなく、日本軍の兵士たちのほとんどがその地で屍となった。一万五千人中の一万三千八百人がその地に倒れたのである。〝小豆山《あずきやま》の攻防〟と呼ばれた決戦である。小豆山周辺にはおびただしい死体が折り重なり横たわっていた。

関東軍の作戦は、国境地帯に残した兵士たちはなるべく敵に抵抗したあと「玉砕せしめる」、つまり全員を見殺しにするという恐るべきものだった。

茂雄たち生き残った千二百人は、それぞれが何日も森の中をさまよい、無我夢中で生きるすべを探した。野宿や満人（中国人）の家に泊めてもらいながら、ようよう村にたどり着くと、「日本は負けた。日本兵は次々と捕虜にされている」と言う少年がいる一方で「日本軍がウラジオストクを占領した」という情報も流れてきた。茂雄たちは確たる情報もないまま、一方的にソ連軍の捕虜となった。

「ソ連領のクラスキーまで徒歩で行き、そこから汽車でウラジオストクへ行き、日本の船に乗ることになる」

そう言われて二百五十キロの道のりを、もう少し、もう少しの辛抱と思いつつ歩いた。限界に近い体力と絶望に近い気持ち、日本へ帰れるという望み、そのはざまで気持ちはたえず揺れ動いた。

そして、連れていかれたのは母国日本ではなく、シベリア、ハバロフスク地方の「コムソモリスク第二収容所」であった。

シベリアへ地獄の旅路

ソビエト連邦軍の満州侵攻の目的は、日本兵を捕虜にすることだった。ソ連の独裁者スターリンは、世界大戦で荒廃した国土を建てなおすための労働力を確保するために、八月二十三日、「労働に適した日本人男性五十万人連行せよ」との秘密指令を下す。

ソ連軍は有無を言わせず日本人男性を連行した。彼らは人間のみならず、略奪の限りを尽くして満州からあらゆる物資を奪い取った。戦勝国とはいえ、ソ連も大戦によって三千万人の民を失い、国土は荒れ果てて国中が極度の貧困に喘いでいた。

窪田一郎たちの部隊も、松本茂雄たちと同じようにソ連の兵隊に捕らえられ、何日も歩かされた。どこへ連れていかれるのかもわからないまま、ただ「ダモイ、トーキョウ」、東京へ帰してやると言われていた。体力のない者はその場に倒れ込んでいく。喘ぎながら「水をくれ」「助けてくれ」と言うが、誰もが自分のことで精一杯で、落伍者を助ける余裕はない。死んだ者の靴を奪う輩もいた。

兵隊たちに交じって民間人も歩いていた。働ける男はみんな捕らえられていたので、女性と子どもと老人たちの群れである。関東軍の司令部は、ソ連侵攻は時間の問題と知りながら、満洲開拓団などの一般邦人には最後までそれを隠し、避難の手を打たなかった。赤い夕陽の満州に王道楽土を夢見て日本から渡って来た人々は、ソ連侵攻後の二週間余りですべてを失い、救いの手は何一つなく、軍に国に見捨てられたのだった。着の身着のまま自力で逃避するしかない人々は、果てしない道をとぼとぼと歩いた。その苦難と不安は過酷を極めた。

一団が川のほとりに来たとき、誰かが叫んだ。

「赤ん坊は岸辺に置いて行け。さもないと母子ともに溺れることになるぞ。赤ん坊を負ぶって渡るのは危険だ！」

　赤ん坊を抱いていた母親はやむなくその子を大きな木の下に置いて川を渡った。しかし、その場に泣き崩れて動けなくなってしまう。誰もがその母親を気の毒に思いながらも手を差し伸べることはできなかった。みんな、他人をかまう余裕などなかったのだ。

　満州からの引き揚げには、このような悲劇が数えきれないほどにあった。


　歩き始めて何日目であったろうか、捕らえられた日本兵たちはようやく鉄道の駅に着く。誰もがほっとした表情になった。

「ああ、これでもう歩かなくていいな」

　そう思っていた。ここからは東に向かって列車は走り、日本に帰れるものと思い込んでいたのだ。一郎たちは、貨物列車に積み込まれた。明かり取りの小窓が一つあるだけの暗い箱の中にぎゅうぎゅう詰めにされ、外からは錠を掛けられた。大勢の人が身動きできないほどに押し込まれ、トイレは小用の樽が置かれただけだった。樽の周りに座り込んだ者は、列車が揺れるたびにピチャピチャと小便がかかる。不安の中を何日も歩かされたせいで腹をこわす者も多かった。高い所にある小窓まで登って用を足そうとするが間に合わず粗相をしてしまう者もいた。激しい便意を耐えに耐えていた者が、やがて腸捻転を起して死ぬと、遺体は貨車の外に放り出された。

そんな、悪臭が充満するおぞましい状況の下、日本兵たちは家畜以下、物のように扱われたのだ。

列車は目的地に向かってすんなりと進んでいたわけではなかった。突然止まり、長時間ビクとも動かないこともある。すし詰めの車内には、何の知らせもない。そして、何の予告もなく、いきなりガタリと音を立てて動きだす。

ロシアでは、九月、十月にはもう雪が降る。貨物列車の床は冷たく、全身がしびれるような寒さだ。凍った大地の冷たさが車輪から貨車の床に伝り、座っていると下半身が凍るようだ。

灯りのない真っ暗な貨車の中に、ただ一つだけ開いた小窓から朝日が差し込もうとしていた。立ち上がって小窓までよじ登った男が叫んだ。

「この列車は北に向かっているぞ！」

北に向かっているとすると、行き先はウラジオストクではない。帰国できるものと思い耐えてきたが、何となく感じていた不安が現実になった。

「われわれはどこへ連れていかれるんだ」

「話が違うじゃないか」

それぞれが不満を口々にもらし、車内がざわめいた。暗澹たる気持ちや不安は増すばかりだった。

第三章

コムソモリスク第二収容所

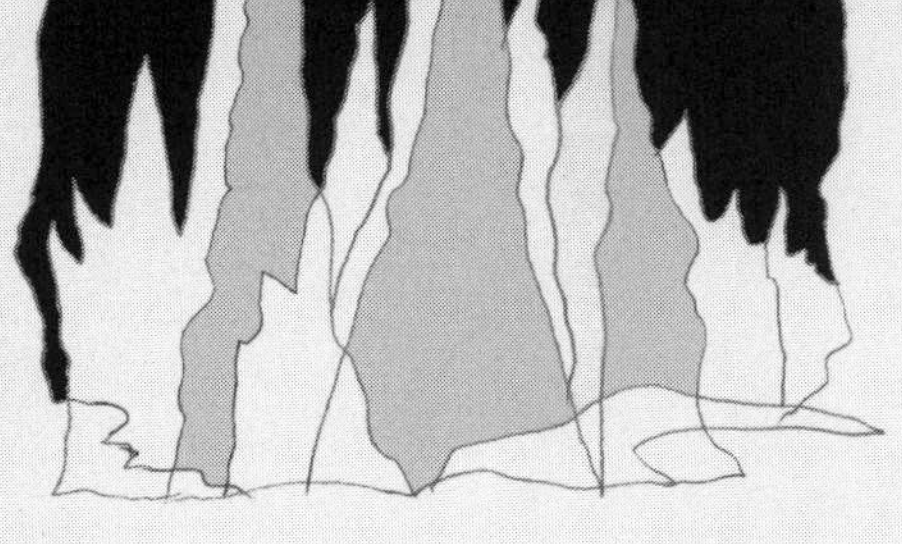

極寒の収容所暮らし

のちにシベリア抑留者と呼ばれるようになる日本人捕虜の収容所は、ソ連全土とモンゴルに約二千か所あったといわれる。それぞれ条件が異なり、待遇に多少の差はあったものの、たいていは貧しい食事と寒さと強制労働という三重苦に変わりはなかった。

一郎たちが入ることになったのは、松本茂雄と同じコムソモリスク第二収容所だった。極東地域に位置するハバロフスク地方にある、約六千人収容の大きな収容所であった。

高さ三メートルほどの囲い塀の上には二重に張られた鉄条網、四隅には高さ十メートルもある監視塔が建っている。常に監視兵が自動小銃を構えて見張っていた。夏服のまま連行された一郎たちが、ようやくこの収容所に到着したときには十月も下旬になっていた。六十万人もの捕虜の輸送と、それぞれの収容所への配分にソ連側も混乱し、非常に手間取った。おそらく管理能力が低かったからであろう。

少なくとも十棟以上ある細長い建物が宿舎で、それらは半分壊れかけた廃屋のような建物だった。中は埃だらけで物が散乱している。

「俺たちは、ここに住むのか」

誰かが小さな声で呟いた。

あとからわかったことだが、ほかの地域では建物がまったくない状態で、古代の竪穴住居のような穴を掘って、その上に板を渡して天井にした住まいもあった。そんな穴倉に暮らしながら、住むためのバラック建設から取りかかった所もあったという。山の斜面に穴を掘り、洞穴住居とでも言おうか、土の上に簡単な二段ベッドを作り、そこを寝床とした住まいもある。水道も電気もなく、油をともすランプが唯一の灯りである。その煤でみんなの顔は真っ黒になった。布団は干し草を集めて袋に詰めたものだけだった。

それでも一郎たちがあてがわれた場所にはペチカがあり、毛布も支給された。しかしはじめは人数分には足りず、毛布は二人に一枚だった。もちろんそれだけでは寒いので、みんな着る物、靴、帽子、何でも身に着け、ボロ布などを巻き付けて寝た。狭い場所に頭と足を互い違いに寝ると、隣の人の足が自分の顔の横にあり、たまらなく臭かった。

翌朝になると、寒さに耐えきれずに三名が凍死していた。絶望して首を吊り自死した者も数名いた。

元々流刑地として犯罪者の収容所が建てられていたシベリアは、言わば陸の孤島である。厳しい寒さと永久凍土の不毛な土地であった。短い夏が終わると、秋を感じる間もなく極寒の冬がやってくる。収容所に到着して、しばらくしてから支給された防寒服や防寒の帽子、靴、毛布はどれもボロボロだった。それらはほとんど、ソ連軍が満州で日本軍の物資を掠奪してきたものであった。

零下何十度という気温はすべてが一瞬にして凍り付く。外へ出るときは互いに相手の顔に注意して、鼻が白くなっていないかを見るようにした。白くなったままほうっておくと、凍り付いて凍傷になってしまう。外套のボタン一つの掛け忘れが命取りになる。

廃屋のような収容所にはトイレがなかった。屋外に穴を掘り、そこに二枚の板を渡してトイレにする。排泄物も瞬時に凍る。それらは積み重なって逆さツララのように突き立ってしまう。そうなると用が足せないのでそれらを金属のバールで叩き割る。当番を決めてみんなで順番におこなった。叩いたときに散る破片は着ているものに突き刺さり、部屋に戻ると溶けて悪臭を放った。

収容所の中央には一つだけ水道小屋があり、蛇口が外壁に付いていた。ここだけは厳重に管理していたので凍り付くことは滅多になかったが、水を汲むときにうっかり素手で蛇口に触ると、ピタっと手の平が凍り付いてしまう。慌てて手を引っ込めて、ビリっと手の皮を剥がしてしまった者もいた。日本人にとって経験のない厳しい寒さは、生きる上での大きな障害であり危険であった。

零下四十度の屋外は空気も凍るのか、空からキラキラと銀の粉が舞うようだった。

強制労働、森林伐採と墓掘り

収容所に入って間もなく、「全員、ソ連の医師による身体検査を実施する」という通達があり、一郎たちは一か所に集められ、丸裸にされた。医師は女性である。この国も多くの働き盛りの男性が戦死していたのだろう、医師のほとんどが女性だった。おもちゃのラッパのような聴診器で胸部を診察すると、「回れ、右！」うしろを向いてお尻を見せ、医師はお尻の肉をつまんで判定する。アジン、ドワー、トゥリー、オ・カと、各自の等級が言い渡される。アジンはしっかり尻に肉のついた人で一級労働、ドワーが二級労働、トゥリーは、尻の皮の下がすぐに骨の状態の人で軽作業、オ・カは栄養失調で労働に適さないと判断される。これによって班が編成され、それぞれの隊長も決められた。隊長はほとんどが、軍隊での階級が上位であった者が指名された。要するにソ連側もそれが便利と、軍隊組織を収容所にまで持ち込んだのである。

すぐに仕事が分配され、それぞれが森林伐採や建物の建設、鉄道建設などに就かされた。

当時のソ連も、日本の敗戦直後がそうであったように、戦争による損失が大きく、国土は荒廃しきっていた。日本の捕虜たちはその再建に携わり、町のほとんどの建築物、水道、鉄道を建設したのだった。中でもきつい仕事は炭鉱と森林伐採で、建築材料、鉄道建設のための資材などを、原生林に入って伐採する。木材の伐採と運びだしは様々な仕事の中でも怪我人や死者を多くだした厳しい現場であった。一郎はその鉄道建設や森林の伐採に従事させられた。白樺や落葉松の林に入って次々と切り倒し、枝を払って一定の長さに切りそろえて積み上げる。一日の作業量が何立方メートルと決められていて、五人一組でそのノルマをこなす。極寒の中での作業は厚く着込んでいるために動きにくい。寒さで思考力や判断力も鈍っている上に、防寒帽で耳や鼻を覆っているので、危険を知らせる声も聞こえにくかった。

「よけろ！　危ないぞ！」

必死の呼びかけも届かず、倒れてくる大木の下敷きになって仲間が大怪我をした。助けだす側も必死だった。

辛い作業を早く終えたい一心で頑張り、工夫し、少しずつ要領も覚えて時間を短縮できるようになる。すると、ロシア人は容赦なくノルマを増やしてきた。自分で自分の首を絞めてしまったことに、みんな落胆した。

「墓掘り」という縁起でもない名前の作業があった。収容所の隅から一定間隔に長さ二メートル、幅一メートル、深さ二メートルの穴を掘る。この冬の死亡者を見越しての作業である。

デマが飛んだ。墓掘りをした者は、こんどの冬にそこに入る運命になるなどという。進んでやる者などいるはずもないが、上官の命令となれば従わざるを得ない。先の尖ったツルハシで土を起こし、スコップで掘る。しかし凍り付いた土にツルハシは容易に入らない。

「もっと腰を入れろ！」

軍隊式に上官が怒鳴る。戦争は終わったというのに、関東軍は敗北したのに、軍隊での上下関係がそのまま続いていた。

「そんな弱腰ではダメだ。ぐずぐずしているとまた雪になるぞ。こんど雪が降ったらもう掘れない。死体は野ざらしになるぞ」

「誰のための墓だ」

スコップを持つ手を止めて作業していた者が聞くと、

「貴様たちの墓だ。そのうち発疹チフスが収容所中に伝染する。そしたらみんなあの世行きだ」

風呂にも入れず、着替えもなかった捕虜たちは、不衛生なまま暮らしていた。そこにシラミが大発生した。シラミは衣類の縫い目にびっしりと入り込み、夜中になると這いだして吸血する。その痒みときたら耐え難く、眠れずに掻きむしると血だらけになった。南京虫もいて、喰われると強烈な痒みを残す。発疹チフスは男たちに棲み着いたシラミの数に比例して増えていった。したがって死者も激増する。

死んだ者は衣服をはぎ取られ、丸裸で外に積み上げられて、カチンカチンに凍った枯木のような遺体は、その穴の中に放り込まれた。遺体を投げ入れるときの音は、カーン、カーンと遠くまで響いた。枯れ枝のような手足は、ときにポキンと音を立てて折れる。知らない土地で無残な死に方をしなければならない仲間が不憫でならなかった。しかし、誰もが明日はわが身と思うのだった。

収容所の固い蚕棚《かいこだな》のようなベッドで毛布にくるまって眠る夜、そこはほとんど音のない世界。わずかに聞こえてくるのは風の音と狼の遠吠えくらいだ。

「バイオリンを弾きたい！」

音楽を聴きたい！

一郎は激しく音楽に飢えた。満州へ来なければ、シベリアへ連れて来られることもなかったろう。そう考えると、自分の夢のことしか頭になかった自らの行動に後悔の念が募った。

唯一の慰めは、一言一句残さず覚えてしまうほどに何度も読んだ、とし子の数々の詩。それらを頭の中で繰り返す。

毎晩、静岡の家族のこと、そしてとし子のことを想った。

飢えと馬鈴薯《ばれいしょ》泥棒

捕虜たちにとって何より辛かったのは、満足な食事を与えてもらえなかったことだ。三食同じもので、満腹を感じるには程遠い量しか配られなかった。黒パンとカーシャと呼ばれるお粥かスープ。黒パンははじめて口にする者にとっては、酸っぱくてパサパサしていてなかなかのどを通らない。カーシャは、コーリャンという雑穀で作られていて、決して美味しいものではなかった。ほかにスープの時もあるが、キャベツの切れ端が二、三枚浮いているだけ、薄い塩味だけの、物足りないものだ。

みんな空腹に耐えているので、食事の分配は真剣勝負だ。パンの切り分けのとき、外側の固くて厚いところは腹持ちがよいと、そこを取りたがる人が群がる。切り分けたあとのパンくずも貴重な食糧だ。粥やスープは空き缶のような柄杓《ひしゃく》で、それぞれの入れ物に注がれるのだが、不公平がないかと誰もが殺気立った鋭い視線で見守った。軍隊時代の飯盒《はんごう》を持っている者もいたが、大半は空き缶を食器にしていた。それを腰にひもで括り付け、何より大事にしていた。その空き缶がなければお粥やスープが食べられないからである。お粥とパンの配給を受け取ると、こんどはその食べ物をいかに少しでも長く味わい楽しむかが大事である。収容所では食事の時間だけが喜びであり、生き続けるための貴重な儀式でもあったから、食べ終わるともう次の食事が待ち遠しくなる。

捕虜たちは、みんなそれぞれに自分流の食べ方を工夫していたが、一郎にも気に入った特別な食べ方があった。まず、黒パンを細かく千切り、スープの入った缶と共に枕元に置く。そして左腹を下にして横になり、お粥を匙ですくって食う。ゆっくりと口に含みながら二度に一度のわりで千切ったパンを口の中でお粥に混ぜて飲み込み、胃の中でパンを膨らませる。横になって食べるのは、そのほうが胃に達するまで食道を通過する時間が長くなり、それだけ食べ物との触れ合いが楽しめるような気がするのだ。

ロシア人もろくな物を食べていなかった。穀倉地帯のウクライナをドイツに破壊されて、食糧が底をつき、アメリカの援助に頼っていた。国が次々と外国人労働者を入国させると、彼らの食糧はどうするんだ、われわれの食事も満足ではないのに……という批判が相次い

だ。捕虜たちが食事をしているとその土地の人間が、

「お前たちは何を食べているのか？」

わざわざ覗き込んで来た。捕虜たちが少量のパンと粥しか与えられていないことを知ると、ほっとしたような、憐れむような表情をして立ち去った。


ある日、久田見という大尉がものすごい形相でやって来て、みんなを大声で怒鳴りつけた。

「この班の中に犯罪者がいる。重大事件だ。犯人を見つけだす」

重大事件とは、収容所の外の食糧倉庫から、馬鈴薯《ばれいしょ》（ジャガイモ）の入った麻袋を盗みだしたと言うのだ。それをソ連側から犯人を見つけだして引き渡すよう通告されたのである。

事件は二日前の深夜に起きた。翌朝の点検で倉庫の馬鈴薯が一袋足りないことがわかり、すぐに大隊本部の下士官を動員して調べた。すると、この班のペチカの上で飯盒四個にいっぱいの馬鈴薯を煮込んでいるのを見つけたと言う。一郎は驚くとともに恐怖を覚えた。

収容所の周りは二重三重の有刺鉄線が張りめぐらされ、四隅の監視塔から銃を構えたソ連兵が二十四時間監視にあたっていた。その有刺鉄線の内側二、三メートルは砂利が敷かれ、近づいたら即射殺すると言い渡されていた。その監視の目をかいくぐって食糧を盗み

に外へ出た者がいたのだ。その命がけの暴挙に度肝を抜かれた。だが、それほどにみんな飢えていた。その部屋の隅々まで時間をかけて調べられ、とうとう床の釘が三本抜かれているところが発見された。床板を剥がしてみると、そこには袋に入った馬鈴薯がどっさりと置かれていた。

班長は簗山といって、じつに誠実な男だった。

「みんなの気持ちはよくわかる。この班の罪は自分も同罪と認める。だからやった者は正直に白状してくれ！」

音もなく灯りもない夜、ペチカの火だけがチラチラと燃える静寂の中で、班長は涙ながらに訴えた。すると「私がやりました」と名乗り出た者が三人いた。しかしいろいろと話を聞いているうちに、実際は元伍長だった男の単独犯で、あとの二人は彼をかばっていたことがわかった。一緒に食べたのだから同罪だと言われたらしい。

元伍長は足と手に巻脚絆を何重にも巻き、極寒の雪の中を食糧倉庫まで這っていった。もし見つかれば自動小銃の弾丸を雨のように喰らい、蜂の巣になっていただろう。まさに決死の覚悟で馬鈴薯の袋を引きずって来たというわけである。

犯人と確定された元伍長は、暗い部屋に連れていかれ、裸にされロープで吊るされた。そしてロシア人の少尉に皮の鞭で殴りつけられた。何十回か打たれたあと、「もういい。

連れて帰れ」と言われたときは、瀕死の状態ではあったものの、すんでのところで命が助かったことに、みんな安堵した。

元伍長を鞭打ったロシア人少尉は少年のような若い風貌だった。最初は思いっきり強く鞭を打ちつけていたが、そのうちロシア語で何か怒鳴りながら打ち、やがて言葉は泣き声に変わっていった。内容をロシア語のわかる仲間にあとで聞いてみると、次のようなことを言っていたそうだ。

「ひもじいだろう。だけど苦しいのはお前たちだけではないんだ。俺たちロシア人も空腹に耐えているんだ。日本には親や兄弟がいるんだろう。お前の帰国を待っているんだろう。収容所にいる者はみんな同じだ。誰だって一日も早く国に帰りたいと思ってる。なんでお前だけがずるい気持ちを起すんだ」

涙を流しながら阿修羅のような形相で元伍長を鞭打つ若いロシア人少尉に一郎は胸を打たれた。厳しく叱咤するだけで容赦のない命令ばかりするロシア人に対して、お互いに共感できることなどないように感じていたが、この若い少尉には、われわれへの同情と思いやりの気持ちがあったことに、救われた気がした。

風呂場バーニャでシラミ対策

一郎は元々きれい好きで、日本にいるときは一日も欠かさずに風呂に入っていた。それがソ連軍に捕らえられて以来、着の身着のままだ。

何日も着替えることなく、汚れたままの捕虜たちをシラミが襲いチフスが蔓延すると、さすがにソ連側も対策を講じざるを得なくなった。

そのままでは死者が続出するとわかり、やっと風呂場を作り始めた。風呂場と言っても浴槽があるわけではなく、十日に一度小さな桶に二杯ほどの湯が配られるだけだったり、天井にいくつも穴を開けたパイプを張りめぐらし、そこから湯が落ちるようにした簡易シャワーのようなものが作られたりした。

シラミ退治のために、バーニャ（ロシアの蒸し風呂）という風呂場が作られると、シラミの温床となる体毛を剃るように指導された。風呂に入る前に、まず髪の毛とヒゲを剃ってもらう。バリカンが一つしかないので、床屋の資格を持った人間が待ち構えているところに順番に並ぶ。それぞれ自分で頭と顔に石鹸を塗り付けておく。床屋は手際よく、次々とみんなの髪の毛とぼうぼうに生えたヒゲを剃り落していった。そして入浴中に、洗濯係が衣服を殺菌消毒室に運ぶ。高温殺菌をした衣類を着衣室のハンガーに掛けておく。入浴を済ませた者は洗濯された衣類上下を着て宿舎に戻るというシステムだった。

頭髪とヒゲをそり落とし、入浴と高温殺菌でシラミは退治できたと思っていたころ、ソ連の医師から陰毛と腋毛も剃ることを強制された。陰毛と腋毛にシラミの卵が残っているというのだ。床屋はまた駆り出され、並んで順番を待つ裸の男たちの体毛を剃り落していった。

腋毛は両手を上に高く上げさせてサッサッと剃る。陰毛は男性の急所を左手で握って剃った。みんな石鹸でよく洗ってあるはずだったが、何人もの急所を握った左手には特有のにおいが残っていて参った。

おかげでシラミは退治できて胸をなでおろしたが、入浴好きの日本人にとって、自由に風呂に入れないのはかなりこたえた。

天井パイプのシャワーは穴から落ちる湯が少なくて、そのうえすぐに止まってしまう。油臭い石鹸を落とせないまま出てくることもある。ゆったりと湯船に浸かる心地よさを、何度夢見たことであろうか。

思想統制と民主運動

シベリア抑留で忘れてはならないもう一つの悲惨は、ソ連政府による思想統制である。ソ連は共産党支配を不動のものにするために、捕虜にも思想教育を施した。

「ソビエト連邦は労働者と農民の国である」
「すべての喜びはスターリンと労働者と共にある」
「ソビエト連邦こそ理想国家」

このような標語が掲げられ、ソビエト共産党の思想を理解し賛同を示した者から順に帰国が許されるとした。

一日でも早く日本に帰りたいと願う捕虜たちは、本心ではなく嘘でも賛同を示した。反抗すれば抑留を延長されるからだ。

ソ連側が収容所の中に旧軍隊の階級制度を持ち込んだため、敗戦で日本軍が崩壊したあとでも、ここでは上官が下級兵士を統率している。だから、一郎のような初年兵は、待遇や労働においても常に立場が悪かった。

すべてを国家が運営し、国民はみな平等であるとする社会主義を謳いながら、実際には軍隊組織を温存させて不平等極まりない収容所内には、下級兵士たちの不満が鬱積していた。部屋のなかで一番暖かい場所を占領し、管理する立場だと言って自分たちは労働をせず楽をしている上官、分配された食料をピンハネする幹部もいた。

「われわれも平等であるべきだ。幹部だけが得をするのはおかしいじゃないか！」

下からそういう不満が湧き起ってくるのも当然であった。自然発生的に民主運動が収容所内に広まり、軍隊組織を解体して上下関係を取り払い、作業割りあての公平化、食料の分配の公平化、病弱者への医療の充実などが要求され、改善されていった。

一方、ソ連側は社会主義に対する反動分子に神経を尖らせていた。忌まわしいことは、日本人同士で監視しあうように仕向けたことであった。少しでも疑わしい人物には、さらに過酷な労働が課せられたり、劣悪な環境の収容所や独房へ移送されたりした。密告した者には、何がしかの特典が与えられた。それは、仲間でさえも心を許すことができないことを意味した。過酷な条件下で日本人同士が支えあい励ましあうはずの場所で不信感が広がり、腹の探りあいがおこなわれたのだ。自分の立場を良くするために密告し、仲間を陥れる者もいた。一郎はそういう卑怯な人間に耐え難い怒りを覚えた。そのようなことに悪知恵を働かせる輩を心底軽蔑した。それはエリートとされていた人間の中に多くみられた。

「何がエリートだ！　学歴を鼻にかけている奴、自分のことしか考えない身勝手で卑劣な奴らは嫌いだ！」

一郎はそう叫びたかった。

シベリアの地に送り込まれて以来、人間として扱われているとはとうてい思えない劣悪な環境下に置かれていた。腹が空き過ぎて、みんな理性を失っていく。ロシア人の残飯を食い漁り、病気で食欲のない者からパンを奪い取った。誰もが餓鬼に落ちた。確かにこの飢餓と絶望の淵で理性を失わずにいることなど無理な話だろう。しかし、人としての心まで失って生きていたくない。シベリアでは、それまでの社会的地位や学歴などまったく関係なくなる。誰もが同じただの人間である。見栄えの良し悪しなど何の役にもたたない。

そんな過酷な状況の中でも、平凡な、ごく普通の人の中に生きるすばらしさを教えてくれる人がいた。ちょっとした思いやりや優しさに出会ったとき、一郎は何より嬉しく、心の底に温かいものを感じるのだった。

自分たちで建てた宿舎も少しずつ整い、翌年の三月を過ぎるころには、夜の長い冬から徐々に光のさす時間が増していった。

第四章

仲間たちの壁新聞

病室の南雲嘉千代《なぐもかちよ》

抑留中の死者の約三分の二が最初の冬に亡くなったと言われている。最悪の寝食条件と慣れない寒さに多くの人がバタバタと倒れていった。ある者は作業中に突然突っ伏して雪の中に顔をうずめて死に、ある者は食事中に箸を持ったまま壁にもたれて息を引き取り、寝言のように大きな声で家族の名前を言っていた者が翌朝冷たくなっていた。誰もが目の前の困難に心打ち砕かれ、

「日本に帰りたい、帰りたい!」

「いつになったら日本に帰れるのだろう。本当に帰る日がやってくるのだろうか」

望郷の念に駆られない者はいなかった。

南雲嘉千代《なぐもかちよ》は明治四十四(一九一一)年、新潟県南魚沼郡湯沢町に生まれる。昭和二(一九二七)年、十六歳で横浜市保土ヶ谷の酒屋に丁稚奉公《でっちぼうこう》に出された。頭が良くて機転の利く嘉千代は酒屋でも重宝がられ、地元の夜間高校に通わせてもらうことができた。高校に行けると喜んだ嘉千代は、仕事にも勉学にも精を出す。高校では音楽部に入り、そこでバ

イオリンを覚えた。バイオリン教則本「カイザー」の一巻から練習して、まだまだ簡単なメロディーしか弾けなかったが、バイオリンという未知の楽器に触れられる時間は格別に楽しいひと時であった。

夜間高校を卒業すると日本電気株式会社（NEC）に入社、東京の大井町に転居する。昭和十（一九三五）年、二十四歳で結婚し、一男一女の子どもにも恵まれた。しかし三人目の子どもが妻のお腹に宿った昭和十八（一九四三）年、召集されて満州へ出征する。

所属部隊は、ソ満国境の琿春《こんしゅん》という町に駐屯していた第百十二師団通信隊だった。松本茂雄と同じく、ソ連軍の侵攻によって数日、直接戦った日本兵の一人であった。そしてやはりコムソモリスク収容所に送られる。

毎日ひもじい食事で体力が落ちてしまう。豆が数個しか入っていないスープだけのときもある。そんな日に限って鉄道のレール担ぎという重労働が待っていた。背が高い割に体力のない嘉千代は、作業中にフラフラしていると、ソ連側の監督は捕虜側の責任者に、

「彼はさぼっているからぶん殴れ！」

そう言いつける。責任者であった戦友は泣きながら嘉千代を殴った。

元々身体が丈夫ではない嘉千代は、ときどき胃を悪くして入院した。入院といっても薬品も医療器具もほとんどない部屋に、絶食してベッドに横たわっているだけだ。仕事から

解放されるのはありがたかったが、粗食とはいえ唯一の楽しみである食事が一切与えられないのは辛かった。

やがて、嘉千代が回復し始めたころに、回診が終わったロシア人の女医が、白い紙と鉛筆を持ってきた。日本語を教えてくれと言う。その女医は嘉千代たち捕虜から「マイヨール」（少佐）と呼ばれていた。マイヨールは、日本語の勉強を毎日三十分やることを、自分で勝手に決めてしまった。日本語の意味よりも発音に興味があるらしい。嘉千代は思いつくまま単語を書き並べて、日常的な日本語をマイヨールに教えた。

「アリガトウはスパシーバ。スバラシイはハラショー」

収容所で白い紙はとても貴重でなかなか手に入らないはずだったが、彼女はどこから手に入れてくるのか、たくさん持ってきた。嘉千代はそれにこっそり詩や俳句、絵などを書いて楽しんだ。

そのうち、雑役のおばさんたちも来るようになった。若々しい声でロシアの歌を歌いながら、床の拭き掃除をしてくれる。それは怪我や病気で寝ている患者たちにとって、大きな慰めとなった。

嘉千代はある日、マイヨールの持ってきてくれた紙で折り紙を折ってみた。作品を枕元の窓際に並べると、マイヨールも掃除のおばさんも看護婦たちも喜んだ。嘉千代はロシアの女性たちに囲まれて、幼稚園の先生のように折り紙の講習会を開いた。折鶴は糸につながれて病室の天井に吊り下げられた。嘉千代はその揺れる折鶴を見ながら、日本で自分を待っている妻と子どもたちのことを思った。生まれたであろう三人目の子どもは元気に育っているだろうか。三人の幼子を抱えて妻はどんなに苦労をしているだろうかと考えると、また胃が痛みだした。

麻酔なしの外科手術

あるとき、嘉千代は一人の新しい入院患者の悲鳴が病院内に響くのを聞いた。あの、松本茂雄の絶叫だった。

茂雄はソ満国境での戦闘で何か所か左足を負傷していた。左足全体が重く痛み、引きずり歩いていたが、いよいよ腫れて耐え難い痛みになっていた。多くの捕虜が下痢をしていたが、夜中でも便意をもよおせばその足を引きずり、やっとの思いで少しだけ曲げて用を足す。それは毎回苦渋に満ちていた。

日がたつにつれ、もはやどうにもならないほどに悪化していたのを我慢して作業に出ていたが、化膿した部分が広がり恐ろしく腫れあがってしまった。傷口が衣服に触るだけで飛びあがるほどの痛みが走る。とうとう入院して手術することになったのである。

ベッドが一台と若干の薬瓶があるだけの病室で、一人の衛生兵がハサミを煮沸している。

「少し痛いが我慢しろ」

衛生兵がそう言うと、ほかの数人の衛生兵が茂雄を取り囲み、体を抑え込んだ。

「ウワー！」

手術用のメスもなく、麻酔もなしで膝にハサミを突き刺された。全身が激しく痙攣し絶叫し続ける。先の衛生兵は膝の肉を大きく切り取って捨てていた。膿の吹きだした穴の周囲の肉を、何度も念入りに切り取る痛さは、骨まで突き砕いているように感じられた。

「やめろ、この野郎！」

茂雄の大声が病院中に響いた。その衛生兵は膝の肉を切り取ると、こんどは細く切り裂いたガーゼを液体に浸し、切開した傷口に何本も詰め込む。茂雄は思いっきり身体を硬直させた。緊張と痛みで発狂しそうだ。しばしの錯乱ののち、茂雄は気を失った。

気づくと、板を打ちつけただけのベッドに寝かされていた。茂雄は左足の激痛に眠ることもできず、唸り続けた。翌日からは、治療とは名ばかりのガーゼを取り換えるだけの処置だった。

病室には重症患者が多く、話すことも、顔を満足に見ることもなく死んでいく者がほとんどだ。そして、新しい患者はあとから次々と運び込まれる。お互いにどこの誰かも知らず居合わせる仮の宿にすぎなかった。

一か月後、茂雄は別の病棟に移された。二段ベッドの上段に寝かされ、そこから下を見下ろすと、自分の下に横たわっている重病人が危篤状態になっている。茂雄はとっさに思いつき、その男の顔からメガネを外し、握りしめたまま自分のベッドに転げ込んだ。シベリアに連れてこられる途中でメガネを壊してしまい、不自由していたのだ。茂雄は強い近眼だったので、メガネがないと不自由を通り越して危険でもあった。悪いと思いつつ手に入れたメガネのおかげで大変に助かり、その見知らぬ男に心から感謝した。メガネは片方のツルが折れていたので、紐を付けて耳に掛けた。茂雄はその後ロシア人から「アチキー・サルダート」つまり「メガネの兵隊」と呼ばれるようになる。現場でメガネをかけている人間は管理者だけだったのだ。ソ連でもメガネは高級品だった。

やがて、足の痛みもだいぶ和らいで一般病棟に移ると、今まで居た病室より明るい雰囲気が漂っていた。ロシア人の女性の歌声が聞こえる。ラジオだろうか。茂雄は耳をそばだてた。いや、話し声も交じっている。茂雄は久しぶりに生き返ったような清々しさを感じた。

少しずつ歩けるようになると、茂雄は歌声の聞こえてくる病室をこっそりのぞいてみた。そこには自分より一回りほど年上の日本兵が、ロシア人の医師や看護婦たちと歓談しているようだ。自分もそこに加わりたいという気持ちを抑えつつ、そっと自分の部屋に戻った。

ニーナへの思慕

ようやく足の傷も癒えて痛みも軽くなると、茂雄には煉瓦積みの補佐役の仕事が与えられた。煉瓦造り二階建ての住宅を、十二棟建てる計画である。この現場にはスカートに綿入れ服、長靴姿の女性労働者と日本人捕虜が入り混じって働いていた。

茂雄はロシア人の背の高い中年のベテラン煉瓦積み職人と、まだ十六か十七歳くらいに見える若い女性労働者の三人組で作業をすることになった。ベテランのロシア人は労働勲章をいくつも授与されたことのある男で、無口だったが、仕事の正確さと速さにかけてはずば抜けていた。周りの日本人たちはその男をなぜか「日の丸おやじ」と呼んでいる。おそらく彼の優れた技と名誉を、日の丸の旗と重ね合わせてそう呼んだのであろう。

日の丸おやじの相棒としておもに段取り役を務める女の子はニーナという名前だった。

「日本新聞」と壁新聞

シベリアに来て一年が過ぎたころから、「日本新聞」と呼ばれる捕虜たちに向けた新聞が発行されるようになった。日本人捕虜にいろいろな情報を提供する一方で、収容所内の民主化を推進することを目的とした読み物でもあった。いずれにしてもほかに何の情報源もなく、活字に飢えていた捕虜たちにとっては貴重な、唯一の「社会の窓」であった。

しかしはじめのころはあまりにも紙不足だったため、配給される紙のほとんどは日常のちり紙やソ連側が配給してくれたマホルカという巻き煙草の巻紙に使われてしまった。新聞は五十人に一枚くらいしか配られなかった。

「せめて二人に一枚もらえないだろうか」

茂雄が所長に申し出ると、こういう答が返ってきた。

「どうせ字が読めるのは五十人に一人くらいだろうから、読める者が声をだして読んでほかの者に聞かせろ」

「われわれ日本人は、こんな新聞は全員が読めるのだ」

そう言い返したが、所長は信じなかった。ロシア人の日本人観はそんなものだった。

茂雄はシベリアに来て二年を過ぎたころの冬、自ら〝壁新聞〟を発行するようになる。収容所内の民主化をもっと啓発するような、明確な行動と挑戦を目的とした新聞が必要だと感じていたのだ。そして自らペンを執り、新しい壁新聞『十字鍬《じゅうじしゅう》』を定期的に発行し始めた。十字鍬とは〝つるはし〟のことで、凍土を掘り、特権にあぐらをかく者を打ち砕く十字鍬だった。

茂雄は拾った竹を削って竹ペンを作った。ペンが勢いよくインクを吸い上げ、使いやすいように工夫する。そして字体のデザインも目立つように、図案のような文字を使ったりして工夫を凝らした。紙はソ連側が用意してくれた模造紙、補強用の台紙はセメントの袋をきれいに伸ばして使う。インクは作業場からペンキの残りなどを持ってきて混ぜ合わせて作った。

一月の新年号は「将校と戦え！」というタイトルで書く。旧日本陸軍の階級制度を取り払おうという運動が起きてもなお、その階級意識は容易に取り払えるものではなかった。元将校たちの意識もさることながら、元下級兵士たちの卑屈な態度や服従も見られた。まず、全員の平等な仲間意識を作ることが、収容所内の民主化には必要だった。

第五章

楽団アカツキと劇団アガニョーク

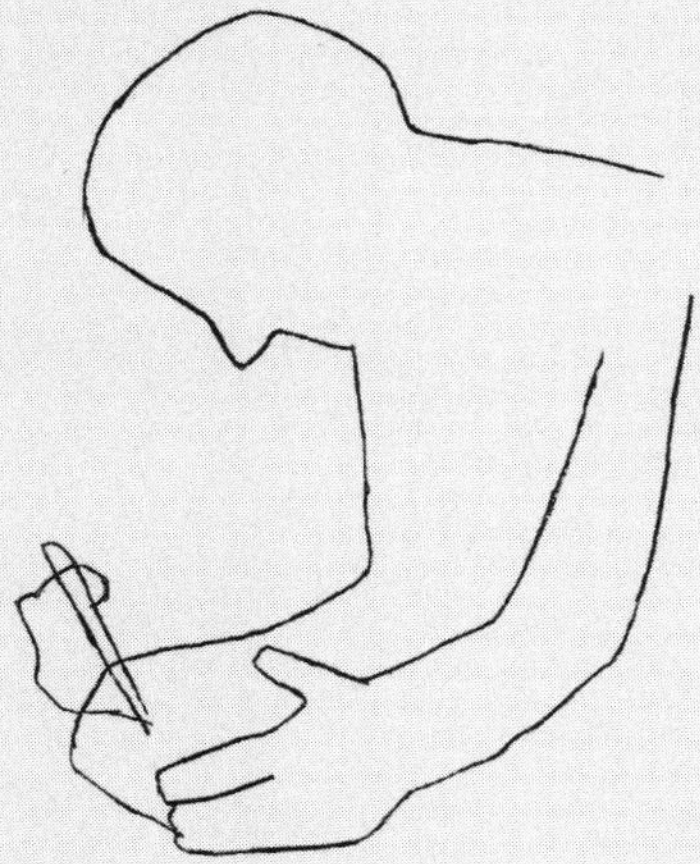

バイオリンを作る

収容所に入れられた当初は食事のことしか話題にしなかった捕虜たちも、少しずつ持ち前の特技を活かした手作業に励むようになっていた。スプーンを彫る者、パイプを作る者など、身の周りの物を工夫して作ることで、わずかながらも心の憩いと慰めを得られた。即席の将棋盤や囲碁に向かい合い、あるいは麻雀パイや花札を並べる者、俳句や短歌をノートに書き留める者など、ささやかな各自の楽しみを探る活動が始まってきた。ソ連側も捕虜たちのそういう活動を奨励する姿勢を示すようになる。

一郎が、満州で先生に預けた楽器のことを思わない日はなかった。バイオリンを思う存分に弾きたい、その一念で満州に渡ったものの、思うように練習できた日はほとんどなかった。

「そうだ、バイオリンを作ってみよう！」

そう思い立ったのは、ロシアの人々が歌を愛し、思い思いに楽器を奏でる姿に触発されたこともあった。一日の作業を終えての帰り道、ロシア人はよく歌を歌う。誰かが口ずさむとそれはすぐに大合唱になった。豊かな声量と美しいハーモニー。そこには敵味方もなく、日本の捕虜たちの心をも溶かす魅力があった。歌が人と人の心をつなぎ、聴く人の心を癒すということに一郎の心は震えた。

「音楽はやっぱりすばらしい！」

ロシアには愁いを帯びた美しい旋律の歌がたくさんある。ロシアの人々も独裁政治下の厳しく辛い日々を、歌うことで乗り越えていたのだろう。歌は、彼らの生きる支えであった。「カチューシャ」、「黒い瞳」、「ステンカ・ラージン」、「スリコ」、中でも「赤いサラファン」のメロディーが好きで、一郎はよく口ずさんだ。

赤いサラファンを縫いながら、「まだ結婚はしたくない。私は自由に生きたいの」と言う娘に「小鳥のように歌って過ごすつもりなの？　どんな花もやがて色褪せるのよ」と諭す母親。そんな母娘のほのぼのとしたやり取りを歌うこの曲を口ずさみながら、一郎はとし子のことを思い浮かべた。

「とし子さんも母親とこんな会話を交わすのだろうか。

もしかしたら、結婚話が持ち上がっているかもしれない」

そう考えると、母娘のそのような情景が頭に浮かんで切なくなった。

一郎は思い切ってバイオリンの制作に取りかかることを決意した。

森林伐採は悪条件のもとでの重労働であったが、幸いにもバイオリン作りの道具や材料が転がっている現場でもあった。ノコギリの折れた刃は、木を削るのに使える。細い銅線、松ヤニなども弓や弦を作るのに役立つ。

まず、捕虜に配給される煙草、マホルカを取っておいて、それと引き換えに、白樺と松の太い物を選んで置いてもらうよう、風呂当番に頼み込む。拾ってきた折れた鋸刃をグラインダーで研ぎ、作った刃物でそれらの板を削り、バイオリンの表と裏板にする。少年のころ木箱でおもちゃのようなバイオリンを作った経験がこのときになって大いに役立った。

バイオリン作りは人目につかない場所を選んだ。機材が置いてある作業小屋は、鍵がけられることもなく、夜には誰も来ない。一郎はランプを持って作業小屋に入ると、ポケットに潜ませた鋸刃を取りだした。捕虜は刃物を所持してはいけなかった。毎週所持品の検査があって、見つかっては取り上げられたが、何度でも作りなおした。鋸刃に木の柄を取り付けると、切れ味の良いノミや彫刻刀ができ上がった。丸太の切れ端を椅子にして小屋の片隅にうずくまり、せっせと木を削る。もちろん図面も解説書も何もない。けれど、以前バイオリン関連の本を読み込んでいたことが役に立った。

「なんと美しい形なんだろう！」

そう思いながら見つめた楽器の形は克明に覚えていた。柔らかい曲線を描くバイオリンのフォルム、丸みを帯びて盛り上がる胴体は、いつくしみながら丁寧に作り上げた。表板の左右に彫り込まれるf《エフ》字孔はさすがに難しかったが、細心の注意を払って彫った。指板や駒、楽器の中に立てる魂柱と呼ばれる棒は楽器の音を左右する大事なパーツだ。それらを、一郎は一つひとつ心を込めて丁寧に作っていった。

暖房のない作業小屋はしんしんと冷える。キリキリと差し込むような冷気の中で、一郎は何分かに一度は立ち上がって動き回り、体を温めた。つい夢中になって作業を続けていると、左手の薬指が白くなっている。すでに感覚がない。一郎はあわてて左手を毛布にくるみ、指をこすり続けた。もう少しで指を凍傷で失うところだった。

夜な夜な宿舎を抜けだして、こっそりとバイオリンを作る日々はすでに五か月に達していた。やっとバイオリンの胴体ができ上がった。次に、本体に張る四本の弦を用意しなければならない。高音のA線とE線は拾い集めた鋼鉄線を使い、低いG線D線に関しては、電機工場で作業する者にコードと電線を少し持ってきてもらって作った。コードは外側をむき、電線の銅の撚り線をほぐして一本一本コードを芯にして巻いていく。巻線一本作るのも大変な作業だ。均一に隙間なく巻かないと澄んだ音が出ない。それに隙間があると弓の毛が挟まってうまく弾けなくなってしまう。細心の注意をもって作り上げた。

ふと、少年のころ木箱で作ったバイオリンを父が褒めてくれたことを思いだした。

「お父さん、どうしているかな、
お母さんも妹や弟たちも元気だろうか」

夢中になってバイオリンを作る時間は、シベリアに来てからの辛い日々を忘れられるひと時であったが、家族のことを思いだすと一郎の手元にツーっと涙が落ちた。


バイオリンの弓に張ってある毛は馬の尻尾の毛である。

「ごめんよ、ちょっと失敬するよ」

馬にそう話しかけながら、馬小屋に忍び込んで尻尾の毛を一本一本抜いて集めた。馬のうしろに立つと蹴られてしまうので、馬の腹の下に潜り込んで抜いた。馬の尾には五十センチほどの長さの骨があり、そこから生えている毛は見た目ほど長くない。ちょっと短めになったが、それでもなかなか立派な弓ができ上がった。

そうして半年かかってようやくバイオリンは完成した。手もとにモデルとなる楽器はなかったが、抱えて寝ていたときの感触を頼りに作った。あとでわかったが、本物とほとんど違わない大きさにでき上がっていた。一郎は自分の分身が現れたような、心の底から湧き上がる喜びと達成感を味わった。

楽団を立ち上げる

南雲嘉千代《なぐもかちよ》は自分がここシベリアで生き延びる方法を考えていた。三十六歳の自分にはあまり体力がなく、きつい労働を続けていたら白樺の肥やしになってしまう。生きて日本に帰り着くことはできないだろうと思う。何か捕虜の仕事で軽いものはないだろうか。

ちょうどそのころ、ソ連側からこんな通達が出た。

「こんど、捕虜慰問楽団を作ることになったので、楽器演奏の経験者または歌唱に自信のある者は申し出よ」

ソ連側も収容所内の民主化の一助、そして捕虜たちの不満の改善に向けて、文化活動の推進を図るようになっていた。

嘉千代は「これだ！」と膝を叩いた。自分はバイオリンを少しかじっただけで、たいして弾けないが、楽団に入ってから練習をすればいいと考えた。そして真っ先に申し出ると、意外なことにほかの誰も申し出ていない。こんなことをしていたら、何より大事なダモイ

（帰国）が遅れるとでも思ったのだろうか。いずれにしても嘉千代は少しでも重労働から解放されて音楽に触れられる生活に入ることが嬉しくて仕方なかった。ソ連の担当者はチルバーチルク中尉で、ちょっとおっちょこちょいではあるが、人のよさそうな人物で嘉千代を信用してくれたのがありがたかった。嘉千代は収容所中を駆け歩いて団員を集めた。ところが団員は集まったものの、楽器がない。楽器を買う資金などないのだ。

そこに楽器を手作りした人間がいるという情報が入る。バイオリンと弓を一人で作り上げた男が、嘉千代と同じ第二分所にいるという。さっそく会いにいってみると、その男は窪田一郎という青年であった。バイオリンを作る道具も自分で工夫し、白樺と松の木の廃材を使ってみごとな楽器を作っていた。嘉千代はその器用で繊細な手仕事に感服するばかりだった。

一郎がその楽器を弾くと妙なる音が響く。周りで聴く者たちは驚きと感動で、顔を上気させている。涙ぐむ者もいた。

上官の久田見大尉が一歩前に歩み出て言った。

「君はええ物を作ったのう。同朋が喜んどる！」

「鬼の大隊長」と呼ばれて恐れられていた上官だ。その久田見大尉が一郎に手を差し伸べている。一郎はその手を強く握り返した。

嘉千代も続いて申し出た。

「窪田君、君はすばらしい楽器を作ってくれた！　これからこの収容所内で楽団を作ろうと思う。ぜひ君にも加わってもらいたい。それから、自分も少しだがバイオリンを習ったことがある。自分にも一丁バイオリンを作ってもらえないだろうか」

「喜んで！　楽団、ぜひ作りましょう！」

一郎も満面の笑みで答えた。娯楽のない収容所で耐えることばかりの生活に、せめてわずかでも潤いが欲しい。それはすべての捕虜たちの願いであった。

一郎がバイオリンを作ったという情報は収容所内をたちどころにめぐり、知れわたる。

「自分もマンドリンが弾けます。仲間に入れてください」

栗原という男がそう申し出てきた。一郎と嘉千代と栗原、三人の楽団を作ることになった。栗原は器用で、ソ連側が貸し与えてくれたアコーディオンを時と場合によってマンドリンと持ち替えて弾いた。楽団の名前は「アカツキ」とした。夜明けの光が徐々に世界を照らしていく、そんな希望をこの楽団に託した。

劇団の旗揚げ

コムソモリスク第二収容所は六千人ほどの大所帯だから、かつては様々な職業に就いていたであろう人々が寄り集まっていた。楽団結成の動きを知ると、こんどは演劇関係者が色めき立った。

「われわれも演劇をやろうじゃないか！」

そう言いだす者が現れれば事は早かった。自分は役者だった、演劇の裏方をやっていたなど、それぞれ率先して集まってくる。演劇サークルは「劇団アガニョーク」と名付けられた。アガニョークとは灯を意味するロシア語で、その活動は劇団員みんなの心の灯となる。

まず演目を何にするか、これは小説家が考えて提案する。筋書きを書いてもらうと、それを台本に書きなおす脚本家に頼む。並行して舞台監督は配役を決め、舞台美術を相談する。絵描き、大道具や小道具を作る大工も工芸家もいた。一郎たちは劇音楽を考える。何とそこには作曲家もいるではないか。多士済々が集結した。

演目は『根室の灯《ともしび》』に決まる。北海道、根室に慎ましく住む一組の愛し合う男女が、戦争によって引き裂かれるという悲恋物語だ。配役を決めると早速稽古に取りかかる。昼の作業を終えて、今までは寝転んで疲れを癒していた時間が稽古にあてられる。みな労働の疲れも忘れて稽古に励んだ。

女形にはぴったりの役者がいた。その中島という若者は、おしろいを塗ってスカートをはくと見目麗しいうら若い女性になった。

南雲嘉千代は趣味で歌謡曲を何曲も作っていた。劇中に主役が歌うテーマ曲は嘉千代が作詞作曲した。ほかのバックミュージックは吉田という男が買って出る。吉田がピアノ譜で曲を書くと、それを楽団アカツキのメンバーがそれぞれ分担して弾けるように、編曲する者も必要だ。趣味で編曲をやっていたという岸野が担当する。岸野は趣味と言いつつも手慣れていて、

「おれのパート譜を早く書いてくれないかなあ。弾けるようになるのに時間がかかるから、早く練習に取りかかりたいんだ」

一郎がそう頼むと

「あいよ！」

気軽に引き受けて、サラリとそのパート譜を書いてくれる。プロ顔負けの仕事の速さであった。

劇団関係者の士気は高まっていたものの、収容所には材料が何もないに等しい。すべて

一から作らねばならない。しかしそこは工夫上手の日本人である、いろいろなアイデアで何でも作りだすのは天才的だった。

まず、大道具や小道具用に作業場から廃材を拾い集める。使われていない建具をばらして、ベニヤ板に背景の絵を描く。木切れや板切れで卓袱台《ちゃぶだい》や茶箪笥《ちゃだんす》などの家具を作る。空き缶をハサミで切って薬缶や急須なども、それらしく見えるようにこしらえる。鬘《かつら》は木の皮を何日も水に浸して細い繊維を取りだし、髪の毛のようにする。衣装はロシア人に頼んで古いカーテン生地や古着を提供してもらった。着物は、満州に居留していたソ連の軍人家族が、在留邦人から略奪してきたと思われる着物や長襦袢、帯など、使い方がわからずに持て余していたのを気軽に提供してくれた。おしろいは石灰、口紅は赤チンなどを使う。赤チンとは傷口に塗る消毒液のマーキュロクロム液のことで、このころはどこの家にもあった。

日々の辛い作業のあとに、睡眠時間を削って準備してきた演劇上演会もいよいよ明日となった。気の利く美術担当者が宣伝用ポスターを作って、収容所のあちらこちらに貼り付けた。『根室の灯』の演題の下に若い男女の顔が描かれていた。それは味もそっけもない薄暗い収容所にみごとな彩を添え、活気をもたらした。会場はシラミ退治のために作られた浴場。そこに仮設舞台が設置された。

松本茂雄は胸の高鳴りを抑えつつ会場に向かった。そこには大勢の人が押しかけている。超満員の会場ははじめから蒸しかえるような熱気に包まれていた。

うら悲しいメロディーを奏でるバイオリンの音と共に幕が開く。

「あっ、あの人だ！」

茂雄は目を見張った。バイオリンを弾いている二人のうち、年配の男の方は入院しているときに見かけた人だった。

「ロシアの女医たちと折り紙をしていた、確か、南雲という人だ！」

南雲は顔を上気させ、仲間の二人と共に楽器を演奏していた。

舞台の背景には、広く一面に根室の淋しげな町の景色が描かれていた。それを見て早くも声を上げて泣きだす者もいた。懐かしい日本の街並み、薄暗い街灯の光。見る者全員が胸に込み上げるものを抑えて舞台を見つめていると、スカート姿で女装した中島が現れた。

舞台の袖でバイオリンを演奏していた一郎は、中島扮するうら若き女性の姿に、自分に想いを寄せてくれたとし子の姿を重ね合わせていた。

「とし子さん、元気ですか？」

どこかで自分のことを想っていてくれるだろうか、この上演を見てくれたらどんなに喜んでくれただろう。ふとそんな思いが頭をよぎる。

女形の中島が登場した途端、会場は破裂するかと思われるほどに大騒ぎになった。誰もが歓喜のあまり絶叫していた。胸が締めつけられるほど懐かしかった。

一郎たち三人の楽団がテーマ曲を弾き、中島が劇中で歌った「根室の灯」はその場に居た者にとって、いつまでも忘れられない歌になった。

♪ あなたの居ない部屋に来て
一人見つめる街の灯よ
思い仄《ほの》かな思い出に
都よ夢よ、さようなら

観客は総立ちになって喝采を送り続けた。嵐のような感激が茂雄の体中をめぐった。

茂雄は故郷の二人の姉を思いだしていた。涙が頬を伝う。誰もが突き上げてくる感情を抑えきれずに、夢見るような心地で劇の中に溶け込んでいた。女形を演じ、歌も歌った中島は、収容所内のスターとなって人気をさらった。

バイオリンを弾く一郎と嘉千代は栗原のアコーディオンと共に、劇の音楽を奏でる歓びをかみしめていた。みんなで作り上げた演劇、観客と一体となって演じた『根室の灯』を生涯忘れることはなかった。

その後、この楽団アカツキと劇団アガニョークは各地の収容所を慰問して回るようになる。雪の日も風の日も、楽しみに待っていてくれる仲間を思い、どこにでも出かけた。だからと言って労働が全面的に免除されたわけではない。でも慰問公演ができるようになってからの一郎や嘉千代の生活は一変した。生きる歓びを感じられるようになり、灰色一色に塗り込められていた景色に明るい光が差し込んできた。白樺の木立にも、地面に生える草花にも語りかけたいような気持ちになった。

第六章

はるかなる日本へ

コンクールで田園交響曲

ロシア人はとにかくコンクールと称するものが好きな人種だ。壁新聞のコンクールでは、茂雄の『十字鍬《じゅうじしゅう》』が入選した。南に数キロ離れた第十四分所の文化祭で展示されているという。茂雄は労働以外での外出をはじめて許可され、久しぶりの解放感に浸りながら、雪道を会場に向かった。

しばらく歩いてようやく会場に着くと、予想以上に人が集まっている。人だかりの向こうには自分の作った新聞が貼り出されていた。

茂雄はシベリアに来て以来の、苦渋に満ち、不安と絶望に押しつぶされそうになりながらも必死で耐えてきた日々を、改めて思い返していた。自暴自棄に陥った時期もあった。もう何も考えられずに機械のように働き、時間が過ぎゆくことだけを願っていたときもある。でもこうして自分の書いた新聞が認められる誇らしさも味わえるとは、望外の喜びだった。

壁新聞のコンクールに続いて、昭和二十三（一九四八）年春、ハバロフスクで演劇と楽団のコンクールもおこなわれることになった。

そのころは収容所のあちらこちらに楽団と劇団が結成されていた。こうした文化活動は、抑留者たちの不満を押さえ込むためでもあり、収容所内の民主化促進のためでもあって、ソ連側からのあと押しも幸いした。それぞれがけっこう活発な活動になっていた。

コンクールと聞いて、各楽団も劇団もいっそう練習に熱が入る。厳しい演出家の指導のもと、夜を徹して練習する劇団もあった。劇団アガニョークは、有名な若手作家、シーモノフの戯曲『ロシア問題』を上演することにした。

一郎と嘉千代たちの楽団アカツキも、そのころには二十人くらいの団員が集まっていた。

「われわれはどの曲をコンクールに持っていこうか？」

嘉千代が団員に相談をかけると、すぐに一郎が答えた。

「ベートーベンの田園交響曲を演奏しませんか？　自分はずっとこの曲が好きで、いつか演奏したいと思っていました」

「クボチンがこう言っているけど、どうだろうみんな。異論はないかな」

嘉千代は一郎を年の離れた弟のようにかわいがり、親しみを込めて「クボチン」と呼ぶようになっていた。みなそれぞれにうなずいている。

「それなら決まりだ。編曲は岸野君に頼もう！」

オーケストラの作品を二十人で、しかもバイオリン、チェロ、マンドリン、バラライカというロシアの民族楽器、アコーディオン、打楽器という変な編成でやろうというのだから、無茶と言えば無茶な話であった。しかし一郎たちはとにかくベートーベンの交響曲を演奏するのだと息巻いていた。岸野は田園のオーケストラ用総譜をソ連の上部に頼み込んで手に入れ、それとにらみ合いながら苦戦しつつ編曲してくれた。

いよいよコンクール出場のためにハバロフスクに出かける日が来た。この日だけは鉄道の旅客車両が用意された。みんな捕虜であることを忘れ、音楽家、劇団員として胸を張って列車に乗り込んだ。

「君たちは楽器を持っているようだが、音楽家なのか？」

ロシア人の男性が一郎たち一団に声をかけてきた。

「ダー、ダー」

そうですよ。私たちは音楽家集団ですと答えると、周りのロシア人からも歓声が上がった。

「何か弾いてくれよ。われわれも歌いたい」

離れた席からも大きな声でそう呼びかける者もいた。一郎たちはさっそく楽器をケースから出すと軽く調弦し、大きく弓を動かした。カチューシャの前奏を数小節弾くと「オー！」というかけ声と共に数名のロシア人が歌いだした。この歌は一郎たち日本人もロシア語で覚えている。だんだんに歌声の輪に加わる人数が増えて、老若男女誰もが歌いだした。車両全体に歌声が響き渡った。

「次はこの歌にしよう！」と言うまでもなく誰かが次の曲を歌いだす。低音の男性が低い旋律を担当して二部合唱のハーモニーが美しく響く。結局、目的地に着くまでずっとみんなで歌い通しだった。

「やあ愉快、愉快！」

誰もがその即席の音楽会を楽しんだ。一郎も嘉千代も顔を見合わせて笑った。

「なあクボチン、もっと早くこうしてロシア人と仲良くなりたかったな」

嘉千代が感慨深そうにつぶやいた。


さて、コンクール会場には多くの演奏、演劇団体が到着していた。楽団アカツキのメンバーは、深呼吸をして自分たちの出番を待った。みんな、緊張していたが、自分たち独自のベートーベンを演奏するんだと意気込んでいた。

演奏するホールには、ロシア人の審査員に交じって日本人の審査員も二、三名いるようだ。一郎たちは指揮者の指揮棒に集中した。

舞台の上で一郎は、満州の観象職員訓練所の和達先生のことを思いだしていた。

「和達先生、僕たちこうして田園を演奏するんですよ！」

一郎は、遠く離れた和達先生に呼びかけた。

――おお、窪田君、なかなかやるじゃないか。田園交響曲を演奏するとはいいなあ。頑張ってくれたまえ。

先生の声が聞こえたような気がした。一郎は仲間の音に合わせながら懸命にバイオリンを弾いた。

結果は何と『ロシア問題』を演じた劇団アガニョークが一位、田園交響曲を演奏した楽団アカツキが楽団部門の第二位と、面目をほどこすことができた。

ハバロフスク短波ラジオ放送局から日本へ

しばらくすると嘉千代はまたソ連の幹部に呼び出された。

「先日おこなわれた楽団コンクールで、日本人捕虜たちの演奏にわれわれは感心した。

せっかくなので、合同で演奏をするのはどうだろうか。君が責任者になって準備を進めてほしい。日本向けの短波ラジオで演奏を放送することを検討している」

嘉千代は思いがけない提案に興奮した。

「おいクボチン、コンクールに出場した楽団の合同演奏をロシア側が提案してきた。その演奏を日本にいる家族に届けられるかもしれないぞ！」

「本当ですか？　それは凄いですね！」

一郎も目を輝かせた。

昭和二十三年六月、ハバロフスクの短波放送局の一室に四十数名の合同楽団の団員が揃った。みな緊張の面持ちで楽器を構えている。嘉千代は楽器を持たず、少し離れたマイクの前に座っていた。

「こちらハバロフスク放送局。

それではただ今から日本人の楽団による演奏をお送りします。曲目解説は南雲嘉千代が担当させていただきます。

まず私、南雲嘉千代、東京都品川区大井町三番地出身。バイオリン窪田一郎、静岡県静岡市音羽町二丁目十三番地出身……」

一郎は驚いた。嘉千代は立て板に水のごとく、楽団員全員の名前と出身地を次々と読み上げていく。ロシア人アナウンサーには曲目解説をすると言いながら嘉千代は、はるか日本に向かって出演メンバーの無事を伝えることをたくらんでいたのだ。

——おーい、俺たちは元気にやってるぞ～！

——みんな元気か？　待っててくれよ～！

——三人の子どもたちも俺の声を聞いてくれるだろうか。あの細い体で妻は、戦火を生き延びてくれているだろうか。いや、絶対に生きていてくれ！　もう一度お前を抱きしめなければ俺は死ねん！

嘉千代は子どもたちを抱きかかえた妻の姿を思い浮かべながら、心の中でそう叫んだ。そして、祈る想いで原稿を読み続けた。

南雲のこの思いつきに一郎は唖然としながらも、この声は日本に通じるんだ、わが家で誰かが聞いているかもしれない、そう思うと胸がざわついた。

思えば十七歳で静岡を離れて以来、家族にも親しかった友人にも会っていない。

——みんなどうしているのだろう。みんなはどんな思いで生きてきているのだろうか。

そんな思いが頭をよぎる。

——南雲さんの声で僕の生存を知ったら、お母さんは泣いて喜んでくれるだろうか。みんな僕の帰りを待ち望んでいてくれるだろうか。

一郎は込み上げる涙を必死でこらえた。

――今から僕たちは最高の演奏をしよう！

――われわれの音楽が日本に届くんだ！

そう思うと興奮で体が震えた。

この短波放送は確かに日本に届き、受信した人たちが各地にいた。中でも山口県に住む一人の男性は、全員の名前と住所を克明に書き止め、それぞれの家族に知らせた。一郎の家でも、南雲の家でも、近所で放送を聴いた人が、いち早くその生存を知らせてくれていた。

六年ぶりの故郷、そして再会

その短波ラジオ放送があった昭和二十三（一九四八）年の七月に松本茂雄、十月に窪田一郎と南雲嘉千代の帰国が叶う。三年余りのシベリアの生活をようやく終えて故郷に帰ることができた。

松本茂雄は故郷福島に帰り着いたが、一番に会いたかった上の姉は二年前、わずか二十六歳の命を閉じていた。下の姉も嫁いで、家の中はがらんと抜け殻のようだった。それは茂雄に大きな落胆をもたらした。いったんは早稲田大学に復学するも、吐血して闘病生活に入る。

嘉千代は入隊する前に就職していた日本電気の横浜の社宅にいったん入るが、翌年、山一証券に転職し、妻と子ども三人と共に東京練馬区の東大泉に移り住んだ。

一郎はふるさと静岡市に戻った。就職活動をするが、シベリア帰りは〝アカ〟のレッテルを貼られ、良い条件の就職先は見つからなかった。知人の紹介で中小企業の家庭金物製造会社に入ることができたが、「絶対に労働組合を作らない」という条件付きだった。

一郎は嘉千代が転職し、家も引っ越したことを聞き、東京に彼を訪ねた。国鉄品川駅で山手線に乗り換えようとしたとき、信じられないことが起きて目を見張った。

「とし子さん！」

駅のホームに溢れかえる人混みの中に、とし子の横顔が見えたのだった。一郎はあと先を考えずに電車からホームに飛び降りた。そして人をかき分けてとし子を追った。満州で別れて以来、五年の月日が流れていた。

軍隊生活に続くシベリアの抑留の日々、とし子への想いは胸に秘め続けていた。とし子からもらった詩集がどれだけ心の支えになったことか。一郎はとし子にどうしてもこの想いを伝えたかった。そしてこうして再会できた運命の不思議を感じずにはいられなかった。

「ご無事でよろしゅうございました！」

とし子もそう口を開くとあとは言葉にならなかった。滝のように涙が流れ落ちる。一郎は両手できつくとし子の手を握りしめた。

満州の学校でとし子と出会ったころのこと、シベリアに連れていかれる列車の中、収容所での厳しい生活、とし子を想いながら歌った「赤いサラファン」、バイオリンを作ったこと、楽団、劇団ができて歓びを見出したこと、それらが走馬灯のように一郎の頭の中を駆けめぐった。

エピローグ——時を超えて

父がシベリアで手作りしたバイオリンは、日本に持ち帰ることができなかったと思われる。ナホトカから帰国、乗船する折の検閲で、ソ連側は抑留の実態が暴かれることを恐れて紙切れ一枚持ちだすことを禁じた。精魂込めて作った楽器も持ちだしは許してもらえなかったらしい。

私が父の体験を文章にまとめてみようと思い立ったのは、知人に勧められて参加するようになった文章教室の工藤靖晴先生が、エッセイばかりではなく長い文章も書いてみてはどうかと勧めてくださったのがきっかけだった。

父が昔、私たち家族に語った内容と、レポート用紙数枚に書き残してあった文章を頼りに書き始める。少しずつシベリア抑留についての書物も読み始めた。

何冊か集めていたシベリア関連の本の中から『コムソモリスク第二収容所』を手に取ることがなかったら、おそらく私は父のシベリアでの居場所を特定できなかっただろう。そこに書かれていた「バイオリン奏者の南雲」という一節が手掛かりになって、南雲嘉千代さんの息子さんとつながり、このブックレットに書かれていた内容を確認できた。

それから十日ほどのち、ちょうど書き進めていた「シベリア幻想曲」と題する原稿がまとまりかけたころ、娘が京都で開かれる上映会のことをネットニュースで見て、私に知らせてくれた。それは『帰還証言、ラーゲリーから生還したオールドボーイたち』というタイトルの映画だった。スターリンが一九四五年「日本人五十万人を労働力として連行せよ」という秘密命令をだした八月二十三日に上映会は開催された。

強く惹かれるものを感じて、私は京都に向かう。会場には八十人ほどの人が集まり、夏の蒸しかえる暑さの中でドキュメンタリー映画が上映された。シベリア抑留から帰還された方々の証言を集めた映像だった。そして、いしとびたまさんという、映画作家でこの上映会の主催者の女性に私は、「もしよかったら読んでください」と書き上げたばかりの原稿を手渡した。

すると、追っていしとびさんからメールが入った。

「この文章をほかの人にも読んでもらってもいいでしょうか」

私は「どうぞ」という返事と共に、修正した「シベリア幻想曲」をメールに添付して送った。すると、それは思いがけず、『コムソモリスク第二収容所』の著者であり、シベリア抑留研究の第一人者といわれる富田武教授の元にも届き、そして富田教授と知り合うことができた。加えて、東京で毎月開かれているシベリア抑留研究会の存在を知る。ちょうど十一月の例会での講演が「抑留者が伝えた音楽」という内容で興味深かったので、私はこれに参加することにした。

そこで面識を得た富田教授から、思いがけない情報を得ることになった。十二月の例会の案内と共に送られてきたメールには次のように書かれてあった。

「私の書物がきっかけでご尊父のおられた場所が判明できたとは、嬉しい限りです。この本の元になった本があります。松本茂雄著『火焼山』です。著者は次の例会にみえる予定です。これもご縁ですからいらっしゃいませんか。ご紹介します」

このメールを受け取った日、興奮で私は一日中体が震えていたような気がする。

こうして私は松本茂雄さんと出逢うことができた。松本さんは、大正十四年生まれ。私の父、窪田一郎と同い年だ。年齢を感じさせないかくしゃくとした方で、その生き生きとした表情に驚かされる。

例会の後、私たちは近くの喫茶店で富田教授を交えてしばし話し込んだ。別れる際に松本さんが、強く私の手を握りしめてくれたことは忘れない。

「劇団アガニョーク」の上演に立ち会った松本茂雄さんが南雲さんの名前を覚えていて、著書に南雲という名前を記述していなかったら、父たちの音楽、演劇活動のことも、ここまでわかり得なかった。

そして、人から人へ強く結ばれた糸を手繰るようにして出会えた松本茂雄さんは、驚いたことに『根室の灯』の劇中歌を覚えていらした。七十年以上も前に聞いた歌をずっと記憶に留めていたのだ。それほどに収容所での演劇上演会は強烈な印象と感激を与えたのだろう。

おそらく南雲さん作曲と思われるこの歌は、恋人の立ち去った部屋に来た女性が、その男性を想いながら歌うもの。ロマンティックで、もの悲しい。だが、収容所の暗さや苦しさを解き放つような明るさがあり、自然に流れる美しい旋律になっている。

第二次大戦後の昭和二十（一九四五）年八月から、長い人は十一年に及んだシベリア抑留問題について、日本政府はほとんど取り上げることがない。日ソ間の協定でこれに関する処理は済んだものとして放置し、十分な実態解明もされていない。社会科の教科書にもほとんど記述されることなく、令和の時代になって、シベリア抑留はますます遠い歴史になってしまう気がする。無念の死をとげ、彼の地で眠る六万余の人々の想いが、忘れ去られてしまっていいのだろうか。

父、窪田一郎はとし子との結婚を願ったが、両親の反対にあって叶わず、昭和二十七年、見合いで私の母と結婚した。

父は昭和五十六年、心筋梗塞で満五十五歳の命を閉じ、南雲嘉千代氏も脳溢血で昭和六十一年、七十五歳で亡くなられた。松本茂雄さんは今年（二〇一九年）九十四歳になられるが、今もお元気で執筆活動や講演活動をされている。松本さんは最年少抑留者だった。シベリア抑留の体験者は近い将来、残念ながら一人もこの世からいなくなる。松本さんは本当に貴重な生き証人である。

「満州国」崩壊のころのこと、そしてシベリア抑留のことは、調べれば調べるほど過酷な実態が浮き彫りになり、私は何度胸を締めつけられたかわからない。この事実を忘れ去られるままにしてはならないと強く思う。そして、

「どんな理由があっても戦争だけはやってはいけない！」

そう言い続けた父の言葉も、重く、重く受け止めたい。

戦争は人を狂わす。人の命が虫けら同然になり、生きるか死ぬかの瀬戸際に置かれた人

間は浅ましい餓鬼畜生に転落する。

そうした極限状況の中でも希望を捨てず光となるものを産みだし、生きる縁《よすが》として力強く生きた男たちがいた。そのことも次世代の若者に伝えたい。


先に執筆した「シベリア幻想曲」を読んでくださった馬場利子さん（健やかな命とくらしのためのスペース「プラムフィールド」代表）が、「この物語、映画にもなりそうですね」と言って、もう少し詳しく書き加えることを勧めてくださった。そしてでき上がったのが、本書『シベリアのバイオリン』である。いつか映画化が実現して一人でも多くの人がシベリア抑留に関心を持っていただけたら、何よりも嬉しい。

そして、シベリア抑留を体験なさって亡くなられた方々に、心より慰霊の祈りを込めてこの物語を捧げたいと思う。

根室の灯

南雲嘉千代　作詞作曲

松本茂雄さんの記憶にもとづいて採譜。

あとがきにかえて

この物語を書くにあたっては、松本茂雄さんの著書『火焼山』より引用させていただいた部分が多数あります。そのことを快く了承してくださった松本さんに深く感謝いたします。

また、本書のカバーのために絵を提供してくださった画家の青木乃里子さんは、この物語の登場人物である南雲嘉千代さんご本人から絵の仲間としてご紹介いただき、長いお付き合いをしていただいています。青木さんの花の絵が、この物語の希望を指し示し彩りを添えてくださいました。心よりお礼申し上げます。

この物語を出版に導いてくれた馬場利子さん、地湧社の植松明子さんの大きなお力添えに、心より感謝します。

令和元（二〇一九）年十一月十七日　父の誕生日に

窪田由佳子

■参考文献

松本茂雄『火焼山』文藝書房、一九九九年
富田武（編著）『コムソモリスク第二収容所』東洋書店、二〇一二年
富田武『シベリア抑留―スターリン独裁下、「収容所群島」の実像』中公新書、二〇一六年
栗原俊雄『シベリア抑留―未完の悲劇』岩波新書、二〇〇九年
ソ連における日本人捕虜の生活体験を記録する会『捕虜体験記　Ⅰ・Ⅳ・Ⅷ巻』、Ⅰ一九八四年、Ⅳ一九八五年、Ⅷ一九九二年
胡桃沢耕史『黒パン俘虜記』文藝春秋、一九八三年
新田次郎『望郷・はがね野郎』新潮社　新田次郎全集9、一九七五年
上尾龍介『一塊のパン　上巻』中国書店、二〇一五年
池田幸一『アングレン虜囚劇団』サンケイ、一九八一年
岡崎正義『哀愁のシベリア劇団』隆文館、一九八四年
佐藤忠良『つぶれた帽子』中公文庫、二〇一一年

■著者プロフィール
窪田 由佳子（くぼた ゆかこ）

1955年、静岡市生まれ。武蔵野音楽大学ピアノ専攻卒業。1981～82年、ドイツ、ケルンに留学。1983～87年、バレエ・コレペティとして六本木スタジオ一番街等に所属。

1992～2017年、常葉大学に非常勤講師として勤務。

静岡市在住。静岡県文学連盟所属。

現在、OZAWA MUSICにてピアノの指導の傍ら、演奏活動もおこなっている。

シベリアのバイオリン
――コムソモリスク第二収容所の奇跡

2020年 1月25日 初版発行
2021年 8月15日 2版発行

著　者　窪田由佳子 © Yukako Kubota, 2020
発行者　植松明子
発行所　株式会社 地《ち》湧《ゆう》社
東京都台東区谷中7-5-16-11（〒110-0001）
電話 03-5842-1262 ／ FAX 03-5842-1263
URL http://www.jiyusha.co.jp/top/

装　幀　NONdesign 小島トシノブ
装　画　青木乃里子
イラスト　清重伸之
編集協力　坂井泉＋GALLAP
印　刷　株式会社 シナノパブリッシングプレス

ISBN978-4-88503-255-4 C0095

アネサラ シネウプソロ

アイヌとして生きた遠山サキの生涯

遠山サキ語り／弓野恵子聞き書き

北海道浦河町の姉茶で生まれ育ったアイヌのフチ（おばあさん）、遠山サキ。生きていくことさえ大変な時代をくぐり抜け、アイヌとしてその土地に生まれ、その土地で生きてきた体験を語りおろす。

四六判並製

みんな、神様をつれてやってきた

宮嶋望著

北海道・新得町を舞台に、様々な障がいを抱えた人たちと共に牧場でチーズづくりをする著者が、人と人のあり方、人と自然のあり方を語る。ここに格差社会を超えた自由で豊かな社会の未来図がある。

四六判並製

半ケツとゴミ拾い

荒川祐二著

夢も希望も自信もない20歳の著者が「自分を変えたい」という思いで、毎朝6時から新宿駅東口広場の掃除を始めた。嫌がらせにあい、やめたいと思ったときホームレスと出会い、人生が変わりだす。

四六判並製

びんぼう神様さま

高草洋子著

松吉の家にびんぼう神が住みつき、家はみるみる貧しくなっていく。ところが松吉は嘆くどころか、神棚を作りびんぼう神を拝みはじめた――。現代に欠けている大切な問いとその答えが詰まった物語。

四六判変型上製

アルケミスト

夢を旅した少年

パウロ・コエーリョ著／山川紘矢・亜希子訳

スペインの羊飼いの少年が、夢で観た宝物を探してエジプトへ渡り、砂漠で錬金術師の弟子となる。宝探しの旅はいつしか自己探求の旅に変わって……。ブラジル生まれのスピリチュアルノベルの名作。

四六判上製